Una propuesta escandalosa
MAUREEN CHILD

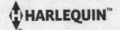

Editado por HARLEQUIN IBÉRICA, S.A.
Núñez de Balboa, 56
28001 Madrid

I.S.B.N.: 978-84-687-2759-2
Depósito legal: M-6393-2013
Editor responsable: Luis Pugni
Fotomecánica: M.T. Color & Diseño, S.L. Las Rozas (Madrid)
Impresión en Black print CPI (Barcelona)
Fecha impresion para Argentina: 18.11.13
Distribuidor exclusivo para España: LOGISTA
Distribuidor para México: CODIPLYRSA
Distribuidores para Argentina: interior, BERTRAN, S.A.C. Vélez
Sársfield, 1950. Cap. Fed./ Buenos Aires y Gran Buenos Aires,
VACCARO SÁNCHEZ y Cía, S.A.

Capítulo Uno

—¡Por lo que más quieras, no empujes! —protestó Sean Connolly, mirando por el espejo retrovisor un momento, antes de volver a posar la atención en la sinuosa carretera. ¿Por qué diablos lo habían elegido conductor para ir al hospital?

—Tú mira hacia delante y conduce, Sean —ordenó su primo Ronan desde el asiento trasero, mientras abrazaba a su esposa embarazada.

—Tiene razón —dijo George Page, sentada en el asiento del copiloto—. Conduce, Sean —añadió y se giró para mirar hacia atrás—. Aguanta, Laura —le dijo a su hermana—. Enseguida llegamos.

—Podéis estar tranquilos. No pienso dar a luz en el coche —aseguró Laura.

—Que Dios te oiga —murmuró Sean, apretando el acelerador.

Nunca antes Sean había tenido razón para maldecir las onduladas carreteras de su Irlanda natal. Pero esa noche le hubiera gustado cambiarlas por treinta kilómetros de autopista en línea recta al hospital de Westport.

—Lo estás empeorando con tus nervios —le reprendió Georgia en voz baja.

—Estoy conduciendo, ¿qué más quieres? —replicó

él y, al echar una rápida ojeada al asiento trasero, vio que el rostro de Laura se contraía de dolor.

Laura gimió. Sean apretó los dientes.

Era curioso lo mucho que se podía complicar la vida de un hombre. Hacía un año, Ronan y él habían sido más que felices con su soltería. En el presente, Ronan estaba casado y a punto de ser padre y Sean se había implicado hasta el fondo en la llegada de la siguiente generación de Connolly. Ronan y él vivían a pocos minutos y los dos habían crecido más como hermanos que como primos.

–¿No puedes ir más deprisa? –murmuró Georgia, acercándose a él.

Luego estaba la hermana de Laura, Georgia, que era una mujer hermosa, inteligente e independiente. Aunque, hasta el momento, Sean había mantenido las distancias, la verdad era que se sentía atraído por ella en el plano físico. Él sabía que tener una relación con Georgia Page solo complicaría las cosas. Ronan se había vuelto muy protector con las mujeres que consideraba a su cargo y eso incluía a la hermana de su esposa.

Sean no había esperado un cambio tan radical en su primo, un hombre que se había pasado años disfrutando de los favores de las mujeres.

Aun así, se alegraba de que Georgia estuviera allí, aunque solo fuera por tener a alguien con quien compartir un momento así.

–Si voy más rápido por estas carreteras de noche, todos vamos a necesitar una habitación en el hospital –contestó él en un susurro.

–Es verdad –admitió Georgia con la vista puesta en la carretera, echando la cabeza hacia delante como si así pudiera hacer que el coche fuera más deprisa.

Sean le echó una rápida mirada a sus profundos ojos azules y su cabello color miel.

La había conocido en la boda de Laura y Ronan hacía un año más o menos. Luego, Georgia había ido varias veces a Irlanda para visitar a su hermana y él había aprendido a apreciar su ingenio, su sarcasmo y su sentido de lealtad familiar.

A su alrededor, la oscuridad era completa, a excepción de los faros del vehículo. De vez en cuando, se veía alguna granja iluminada.

Al fin, en la lejanía, comenzó a divisarse Westport, brillando en la noche. Sean respiró aliviado.

–Ya casi estamos –anunció Sean, aliviado, y miró a Georgia, que le dedicó una rápida sonrisa.

Desde el asiento trasero, Laura gritó. Todavía no estaban a salvo. Centrándose en el camino, Sean apretó el acelerador.

Después de unas horas eternas, Georgia y Sean salieron juntos del hospital, sintiéndose como supervivientes de una sangrienta batalla.

Fuera, los recibió la suave lluvia invernal. El viento helado del mediodía les sopló en la cara. Era agradable estar al aire libre, lejos de los sonidos y los olores del hospital. Sobre todo, porque sabían que la pequeña Connolly había llegado al mundo sana.

–Cielos –dijo Sean–. Ha sido la noche más larga de mi vida.

–Lo mismo digo –respondió Georgia, cerrándose el abrigo azul–. Pero ha merecido la pena.

–Oh, sí, claro –dijo él–. Es una niña preciosa.

–¿Verdad que sí? –dijo ella con una sonrisa–. Fiona Connolly. Es un buen nombre. Bonito y con poderío.

–Lo es. Y me parece que ya tiene a su papá a sus pies –señaló él, recordando la expresión de Ronan al sostener a su hijita en brazos por primera vez.

–Estoy agotada y emocionada al mismo tiempo.

–Y yo –afirmó él, feliz de haber dejado atrás la tensión–. Me siento como si hubiera corrido un maratón.

–Y lo único que hemos hecho ha sido esperar.

–Creo que esa ha sido la parte más difícil de todas.

–Y yo creo que Laura no estaría de acuerdo contigo –replicó ella, riendo.

–Tienes razón.

–Ronan será un buen padre. Y Laura… tenía tantas ganas de ser madre… –comentó ella, agarrándose del brazo de Sean, y se le saltaron las lágrimas.

–Nada de lágrimas –dijo él, apretándole el brazo con suavidad–. Llevamos todo el día inmersos en mares de lágrimas. Entre los nuevos padres y tú, hace horas que no veo más que ojos empañados y narices moqueando.

–A ti también se te han humedecido los ojos, tipo duro, que te he visto.

–Sí, bueno, los irlandeses somos muy sentimentales –admitió él, encaminándose al aparcamiento.

–Es una de las cosas que más me gustan…

Sean la miró.

–… de los irlandeses.

–Ah –dijo él–. La verdad es que has venido mucho por aquí en el último año. Se te puede considerar ya como irlandesa adoptiva.

–Eso había estado pensando –admitió ella, mientras llegaban al coche.

–¿A qué te refieres? –quiso saber él y le abrió la puerta, esperando a que entrara. A pesar de que estaba agotado, verla sonreír lo llenaba de entusiasmo.

–A eso de ser irlandesa adoptiva. O, al menos, he pensado en mudarme aquí de forma permanente.

–¿Ah, sí? –preguntó él, intrigado–. ¿Y por qué? ¿Por tu sobrina recién nacida?

–En parte, sí –afirmó ella, encogiéndose de hombros–. Pero, sobre todo, es por el país. Es bonito y la gente es muy amable. Me encanta estar aquí.

–¿Se lo has dicho a Laura?

–Todavía no –confesó ella–. Así que no le digas nada. Ya tiene bastante en la cabeza por ahora.

–Creo que le encantaría tener a su hermana cerca.

Georgia le dedicó una radiante sonrisa antes de sentarse en el coche. Y Sean tuvo que admitir que a él tampoco le importaría tenerla cerca.

***

Media hora después, Georgia abrió la puerta de la enorme mansión de piedra de Ronan y Laura y se giró hacia Sean.

—¿Quieres entrar a tomar algo?

—Creo que nos lo hemos ganado —contestó él, entró y cerró la puerta.

Georgia rio. Se sentía feliz.

—El ama de llaves de Ronan, Patsy, está de vacaciones —le recordó Georgia—. Así que si queremos comer, tendremos que cocinar.

—No es comida lo que quiero ahora mismo.

¿Estaba coqueteando con ella?, se preguntó Georgia. Pero, meneando la cabeza, se dijo que no era posible. Solo iban a tomar una copa juntos, nada más.

De pronto, un largo aullido resonó desde la otra punta de la casa. Sobresaltada, Georgia se rio.

—Con la lluvia, los perros se habrán metido en la cocina.

—Seguro que tienen hambre —observó él, caminando a su lado hacia la parte trasera de la casa.

Georgia conocía la casa de su hermana como la palma de su mano. Cada vez que iba a Irlanda, se quedaba allí, pues era tan grande que había espacio para convivir con cien personas más. Abrió la puerta de la cocina. Era grande y estaba equipada con electrodomésticos de última generación y muy ordenada. Dos perros salieron a recibirlos, ansiando recibir atención.

Deidre era un perro pastor grande y patoso con el pelo que le tapaba los ojos. Y Bestia era... feo, pero todo corazón.

—Bueno, comida para los perros y bebidas para nosotros.

—De acuerdo —dijo Sean y se dirigió a la despensa, seguido de cerca por Bestia.

Minutos después, los perros se saciaron de agua y comida y se tumbaron en sus camitas en la cocina, acurrucados y felices.

Georgia se dirigió al salón, seguida de Sean.

—¿Entonces Patsy se ha ido a Dublín a ver a su hija? Espero que Sinead esté bien, contenta con su nueva familia.

—Según Patsy, está muy bien, sí.

Laura le había contado cómo, embarazada, Sinead se había casado a toda prisa. Había tenido un hijo y su marido estaba grabando una disco de música tradicional irlandesa.

—Patsy echa de menos a su hija pero, cuando terminen la grabación, volverán todos a Dunley.

—En ningún sitio se está mejor que en casa —comentó él—. Sin embargo, tú estás pensando en dejar tu hogar y mudarte aquí.

—Así es.

Al escucharlo en boca de él, a Georgia le pareció más real que nunca. Llevaba una semana o así dándole vueltas a la idea. Le daba miedo, sí, pero le apetecía mucho. Después de todo, tampoco dejaba mucho atrás. Además, podría distanciarse de la tensión y los malos recuerdos de su fallido matrimonio.

Desde que Laura se había casado con Ronan y se había ido a vivir a Irlanda, ella había ido a visitarlos cuatro veces. Y, cada vez que lo hacía, le costaba más irse. No le atraía la idea de regresar a su piso vacío en Huntington Beach, California, ni de sentarse en el despacho de la inmobiliaria que Laura y ella habían abierto juntas.

No se quejaba de su vida, no era eso. Solo había empezado a preguntarse si de veras quería pasarse los días sentada detrás de una mesa con el objetivo de vender casas.

Sean había empezado a encender la chimenea para darle un poco de calor al comedor. Había un par de sofás enormes rodeando una mesita baja que sostenía un jarrón de cristal con crisantemos rosas y dorados. Las ventanas daban al jardín, mojado por la lluvia.

Cuando Sean hubo encendido el fuego, se levantó.

—A ver qué vamos a beber.

Georgia sonrió, acercándose a él.

—Nos lo hemos ganado, sí. Pero yo no me habría perdido este día por nada. Aunque reconozco que he pasado mucho miedo.

—¿Pensarías que soy poco hombre si admitiera que yo he pasado el más puro terror?

—Tu hombría está a salvo.

De hecho, Georgia no había conocido a ningún hombre que tuviera que preocuparse menos por su hombría que Sean Connolly. Era guapo, encantador y emanaba atractivo. Por suerte, ella era inmune, pensó. Bueno, casi.

Incluso ella, una mujer con experiencia, se había sentido tentada por los encantos de Sean. De todos modos, sabía que era mejor tenerlo como amigo. Comenzar una relación con él no sería solo peligroso, sino extraño. Como su hermana estaba casada con su primo, cualquier problema entre ellos repercutiría en una guerra familiar.

Y Georgia siempre tenía problemas cuando había un hombre por medio. Podía disfrutar de la compañía de Sean sin… implicarse, caviló y algo dentro de ella se incendió al recorrer su fuerte cuerpo con la mirada.

–Es un bebé precioso, ¿verdad? –comentó ella, para distraerse de sus propios pensamientos.

–Sí que lo es –dijo él, sacando una botella de champán de la nevera, sosteniéndola como un trofeo–. Y tiene un padre muy listo. Ronan tiene en la nevera nada menos que tres botellas de champán.

–Muy previsor.

Sean tomó dos copas y abrió la botella.

–¿Le has contado a tus padres la noticia?

–Sí –afirmó ella, recordando cómo su madre había llorado por teléfono al saber que había nacido su primera nieta–. Llamé cuando fuiste con Ronan a comprar flores. Laura habló con ellos y oyeron llorar al bebé –contó con una sonrisa–. Ronan les ha prometido comprarles un billete para que vengan a verlos en cuanto quieran.

–Genial –opinó él, mientras servía ambas copas.

–Por Fiona Connolly –brindó él–. Que tenga una vida larga y feliz. Que no conozca el dolor y que la alegría sea su eterna compañera.

Con lágrimas de emoción, Georgia le dio un trago a su copa.

–Un brindis muy bonito, Sean.

Sonriendo, él la tomó de la mano y la condujo al sofá.

–Vaya día, ¿verdad?

–Sí –afirmó ella–. Estoy cansada, pero no creo que pueda cerrar los ojos. Demasiada adrenalina.

–Me siento igual. Es una suerte que podamos hacernos compañía.

–Sí, supongo que sí –replicó ella. Se quitó los zapatos y subió los pies doloridos al sofá, para frotárselos.

La lluvia fuera y la chimenea encendida daban a la escena un toque muy acogedor. Georgia le dio otro trago a su champán y apoyó la cabeza hacia atrás.

–Bueno, cuéntame ese plan que tienes de mudarte a Irlanda –pidió él.

Georgia lo miró. Él tenía el pelo revuelto, los ojos cansados, pero con un brillo de interés y una media sonrisa que hubiera podido tentar a una santa. Ella bebió un poco más, con la esperanza de que el licor helado pudiera apagar el fuego que sentía.

–Llevo tiempo pensándolo, desde mi última visita. Cuando me fui de aquí, me pasé todo el vuelo preguntándome por qué me iba.

Sean asintió como si lo comprendiera.

–Quiero decir que lo lógico es sentirte bien cuando vuelves a casa después de un viaje, ¿no? –continuó ella–. Lo normal es tener ganas de volver a tu rutina, a tu vida de siempre. Pero yo no tenía ganas, sino todo lo contrario. Y esa molesta sensación no hizo más que crecer cuanto más me acercaba a mi casa.

–Quizá es porque estabas alejándote de tu hermana.

–Igual –reconoció ella, asintiendo–. Laura es más que una hermana para mí. Es mi mejor amiga –explicó con una pequeña sonrisa–. La echo mucho de menos, ¿sabes?

–Sí –repuso él, rellenando sus copas–. Cuando Ronan estaba en California, me di cuenta de que echaba de menos ir al pub con él. Echaba de menos las risas y las discusiones –recordó, sonriendo–. Aunque si se lo cuentas, lo negaré todo.

–Entendido –aseguró ella, riendo–. Cuando yo llegué a mi casa, fui a nuestra oficina y me quedé mirando por la ventana. Esperar a que lleguen o llamen clientes es muy aburrido. Entonces, me di cuenta de que todo el mundo allí fuera estaba haciendo lo que quería hacer. Todos, menos yo.

–Creí que te gustaba el negocio inmobiliario. Por lo que cuenta Laura, acabáis de crear la empresa.

–Sí. Pero no es lo que ninguna de las dos esperábamos. Qué ridículo, ¿verdad? –comentó ella y se giró para mirarlo de frente.

«Vaya. Era un hombre muy guapo», pensó.

Georgia parpadeó y miró al champán con gesto de sospecha. Quizá las burbujas estuvieran jugándole una mala pasada, haciéndola más susceptible al atractivo y los encantos de Connolly. Pero no, reconoció al momento, a ella siempre le había gustado. Aunque, hasta entonces, siempre había podido resistirse…

Aclarándose la garganta, ella intentó recordar qué había estado diciendo.

—Laura es una artista y yo era diseñadora de interiores. Y no sé cómo, terminamos fundando una empresa de un negocio en el que ninguna estábamos interesadas.

—¿Por qué? ¿Por qué esforzaros tanto en algo que no os interesaba?

—Buena pregunta —replicó ella, levantando su copa rebosante. Un poco de líquido se derramó y, para impedir que volviera a pasar, le dio otro trago—. Al principio, parecía algo muy simple. Laura no podía ganarse la vida como pintora, así que estudió para convertirse en agente inmobiliario, porque prefería ser su propia jefa.

—Entiendo —afirmó él.

Claro que lo entendía, pensó Georgia. Sean era el dueño de Irish Air, una compañía aérea, y no tenía que rendirle cuentas a nadie, excepto a sí mismo.

—Entonces, mi matrimonio se terminó —prosiguió ella, sin poder ocultar un poco de amargura. Aunque creía que lo había superado, el recuerdo no era grato—. Me mudé a vivir con Laura y, en vez de intentar fundar una empresa de diseño de interiores yo sola, me puse al día en el terreno inmobiliario para crear un negocio con mi hermana —añadió, bebió un poco más y suspiró–. Así que creo que las dos nos metimos en algo que no nos gustaba, porque no se nos ocurrió qué otra cosa podíamos hacer. ¿Tiene sentido?

–Claro que sí –respondió él–. No os hacía felices.

–Eso es –afirmó ella, preguntándose por qué era tan fácil hablar con él. Además, no se cansaba de mirarlo y su acento irlandés la seducía cada vez más. Era una combinación muy embriagadora y debía tener cuidado, se advirtió a sí misma–. Yo no era feliz. Y, como ahora estoy sola y puedo hacer lo que quiera, ¿por qué no mudarme a Irlanda? Así, estaría más cerca de mi hermana y podría vivir en un lugar que me encanta.

–Las razones son buenas –le aseguró él con tono amable y rellenó ambas copas de nuevo–. Entonces, ¿no te vas a dedicar a vender casas aquí?

–No, gracias –contestó ella con un suspiro. Era un alivio pensar que no iba a seguir lidiando con compradores reticentes y vendedores agresivos. Cuando la gente pedía sus servicios de diseñadora de interiores, era por su talento, no por las casas que hubiera en el mercado–. Voy a abrir mi propio estudio de decoración. Por supuesto, primero tendré que investigar qué licencias hacen falta para tener una empresa en Irlanda y tendré que buscarme una casa…

–Puedes quedarte aquí –señaló él, encogiéndose de hombros–. Estoy seguro de que a Ronan y Laura les encantaría. Además, la casa es enorme…

–Es verdad –admitió ella, mirando a su alrededor. De hecho, en la enorme mansión había sitio para dos o tres familias–. Pero prefiero tener mi propio espacio. Había pensado abrir la oficina en Dunley…

Sean se atragantó con un trago de champán y rio.

–¿Dunley? ¿Quieres abrir la oficina en el pueblo?

–¿Qué tiene de malo? –replicó ella, irritada.

–Bueno, digamos que no me imagino a Danny Muldoon contratándote para que le rediseñes su pub Pennywhistle.

–Muy gracioso.

–No te lo tomes a mal –continuó él, sin dejar de sonreír–. Solo digo que igual la ciudad es un sitio mejor para abrir una tienda de decoración.

–Tal vez –repuso ella, asintiendo–. Pero Dunley está a medio camino entre Galway y Westport, dos grandes ciudades.

–Es verdad.

–Por eso, es un lugar muy céntrico. Y, de todos modos, prefiero un pueblo a una ciudad. Podría comprarme una casita e ir andando al trabajo. Así, estaría cerca de mi hermana y podría ayudarla con el bebé, además…

–Tienes razón –admitió él, levantando ambas manos en señal de rendición. Al darse cuenta de que sus copas estaban vacías, las llenó otra vez y levantó la suya–. Siento haber dudado de ti por un momento. Veo que lo tienes bien pensado.

–Así es –afirmó ella, más calmada, no solo por el

licor, sino por las disculpas de su acompañante–. Quiero hacerlo y voy a hacerlo –añadió en una promesa ante sí misma y ante el universo.

–No tengo ninguna duda de que lo harás. Propongo un brindis por el comienzo de una nueva vida. Te deseo que seas feliz, Georgia, con tu decisión y tu nuevo negocio.

–Gracias –dijo ella, chocando sus copas–. Te lo agradezco.

–Vamos a ser vecinos –observó él, tras beber un poco.

–Sí.

–Y amigos.

–Eso también –aceptó ella, sintiéndose un poco incómoda bajo la persistente mirada de él.

–Y, como amigo, debo decirte que, cuando algo te emociona, se te ponen los ojos tan oscuros como el cielo estrellado.

Capítulo Dos

–¿Qué?

Sean observó cómo la expresión de ella mutaba de la confusión al deseo. En un instante, la llamada desapareció de sus ojos, pero él la había visto.

–¿Te estoy poniendo nerviosa, Georgia?

–No –mintió ella, apartando la vista.

Después de darle un trago a su copa, ella se limpió una gota de champán de los labios con la lengua. Al verlo, el cuerpo de Sean reaccionó sin remedio.

Era raro, pensó él. La conocía desde hacía un año y, aunque le resultaba atractiva, nunca antes se había sentido tentado de poseerla. En ese momento, la cosa había cambiado. Estar allí con ella, bajo la luz de la chimenea, mientras la lluvia golpeaba los cristales, era más que tentador. Era una situación muy íntima y los dos acababan de compartir un día interminable. Allí, en la penumbra, algo nuevo e irresistible estaba surgiendo entre ellos.

Sean sabía que ella también lo notaba, a pesar de que fingiera lo contrario.

–Solo digo que eres una mujer muy bella, Georgia.

–Mmm –murmuró ella, mirándolo con la cabeza ladeada.

–No creo que sea la primera vez que te lo dicen.

–Oh, no. Los hombres suelen perseguirme por la calle para decirme que tengo los ojos como el cielo estrellado.

–Quizá yo sea más observador que la mayoría –comentó él con una sonrisa.

–O, tal vez, estés tramando algo. ¿Qué es, Sean?

–Nada.

–Bueno, mejor así –señaló ella, y se frotó un poco más el puente del pie–. Los dos sabemos que sería… complicado.

–Es cierto –admitió él, pensando que a pesar de todo merecería la pena–. ¿Te duele?

–¿Qué? –preguntó ella y se miró el pie, que se había estado masajeando de forma inconsciente–. Sí, un poco.

–Hemos pasado muchas horas de pie.

–Sí.

Georgia bebió un poco más y cerró los ojos, mientras las llamas de la chimenea dibujaban insinuantes sombras en su rostro. Aquella mujer estaba seduciéndolo sin saberlo, se dijo él.

Cuando una advertencia de peligro resonó en su cabeza, Sean la ignoró. Había un tiempo para pensar con frialdad y otro para dejarse llevar. Y todo apuntaba a que esos momentos pertenecían a la segunda opción.

Tras dejar el vaso en la mesa, él le tomó los pies y se los puso en el regazo. Cuando ella lo miró, sonrió.

–Es mi oferta especial de la noche. Un masaje en los pies.

–Sean…

Él sabía lo que Georgia estaba pensando, lo mismo que él. Debía dar marcha atrás o continuar y ver dónde les conducía aquello. Ella intentó apartar los pies, pero él se lo impidió y comenzó a acariciarle el puente con el pulgar.

–Oh, eso me gusta.

–Pues disfrútalo.

Ella le dedicó una mirada llena de cautela.

–¿Qué te propones?

–Masajearte también los tobillos –contestó él, subiendo un poco las manos–. Pregúntamelo de nuevo dentro de un minuto.

Georgia rio, como él había pretendido, y se relajó un poco.

–¿Y qué he hecho para ganarme este masaje?

–Me siento generoso, tal vez por esto de ser tío –contestó él–. Aunque Ronan no sea mi hermano, me siento como si lo fuera.

–Puedes considerarte tío. Ronan y tú estáis tan unidos como Laura y yo.

–Es verdad –murmuró él, masajeándole el pie, pequeño y delgado. Ella tenía las uñas pintadas de rosa oscuro y un anillo de plata en el dedo gordo.

–Oh… se te dan bien los masajes.

–Eso dicen –repuso él, riendo. Le deslizó las manos un poco más arriba, hacia los tobillos y las pantorrillas. Su piel era suave y cálida.

–Quizá sea por el champán, pero me gusta demasiado lo que me estás haciendo.

–No es el champán –opinó él, mirándola a los

ojos–. No hemos bebido tanto como para que se nos nuble la mente.

–Entonces, será por el fuego –susurró ella–. Y la lluvia fuera, que nos recluye en esta habitación juntos.

–Podría ser –admitió él, subiendo hasta detrás de sus rodillas y observando cómo ella cerraba los ojos con otro suspiro–. O podría ser que estás preciosa bajo la luz de la hoguera y que yo estoy a tus pies.

–Oh, sí, seguro –se burló ella, y lo miró a los ojos, tratando de descifrar sus intenciones–. Sean Connolly, tú siempre sabes lo que estás haciendo. Así que respóndeme: ¿estás intentando seducirme?

–Ah, creo que es más bien al revés, Georgia –murmuró él, deslizando las puntas de los dedos un poco más arriba, hacia sus muslos. Era una suerte que llevara falda. Hacía las cosas más fáciles.

–Ya –dijo ella–. ¿Crees que yo te estoy seduciendo? Eres tú quien ha empezado con un masaje en los pies y ha ido subiendo… a los muslos.

–¿Te gusta?

–Sería una tonta si te dijera que no.

–Bueno, pues…

–Pues la pregunta sigue en pie –le recordó ella, y le sujetó una de las manos, deteniendo su ascenso–. Si estás seduciéndome, quiero saber por qué ahora. Nos conocemos desde hace mucho, Sean, y nunca…

–Cierto. Pero esta es la primera vez que estamos a solas, ¿no? –respondió él, se zafó de la mano de ella y siguió acariciándole, primero en la cara externa de los muslos y, poco a poco, adentrándose hacia la cara interna.

Cuando ella se estremeció, Sean sintió una poderosa erección.

–Piénsalo, Georgia. Estamos solos esta noche. Sin Ronan, sin Laura, sin Patsy. Hasta los perros están durmiendo.

–Tienes razón –reconoció ella con una pequeña carcajada–. No creo que esta casa haya estado tan silenciosa nunca. Pero…

–Nada de peros –le interrumpió él, y tomó la botella de champán para rellenar los vasos–. Creo que nos sentará bien otro trago. Luego, seguiremos hablando de esto.

–Después de tanto champán, ya no querremos hablar –le corrigió ella, dándole un sorbo a su copa de todos modos.

–¿Y qué tiene eso de malo?

Georgia le dedicó una mirada tan llena de pasión como la que él sentía. ¿Cómo había podido resistirse a tocarla durante todo un año?, se preguntó a sí mismo. En ese momento, mientras la acariciaba el otro pie, cada vez ansiaba más saborearla. Quería oírle gemir y gritar su nombre. Deseaba enterrarse dentro de su calor y sentir cómo ella lo rodeaba.

–Esa mirada delata tus pensamientos –comentó ella, dándole otro largo trago al champán.

–¿Estás pensando tú lo mismo?

–No debería.

–No era esa la pregunta.

Sin apartar la mirada, Georgia suspiró.

–De acuerdo, sí estoy pensando lo mismo.

–Me alegro –afirmó él con una sonrisa.

Georgia rio y Sean le quitó la copa de la mano para dejarla sobre la mesa.

–No había terminado –protestó ella.

–Tomarás más después –prometió él.

–Creo que no deberíamos hacer esto –señaló ella, tras tomar aliento.

–Lo más probable es que tengas razón. ¿Quieres que paremos, antes de empezar? –preguntó él, esperando que dijera que no. Parar era lo último que quería hacer.

–Deberíamos parar, sí… Seguramente.

Sean aprovechó su titubeo.

–¿Pero?

–Pero estoy cansada de ser prudente. Quiero que me toques, Sean. Creo que lo he deseado desde el principio, aunque hasta ahora no lo había reconocido.

Sean la levantó y la sentó sobre su regazo, donde ella pudiera sentir su dura erección.

–Como puedes ver, siento lo mismo.

–Sí –repuso ella y se giró para mirarlo a los ojos–. Ya lo veo.

–Todavía no… Pero estás a punto –dijo él con tono provocador.

–Promesas, promesas…

–De acuerdo. Basta de charla, ¿te parece?

–Sí.

Sean la besó con suavidad al principio, como si

quisiera dar tiempo para que se familiarizaran con un nuevo nivel de intimidad.

Con ese primer beso, pasó algo increíble. Él sintió que una corriente eléctrica lo recorría y, cuando la miró sorprendido, leyó la misma sorpresa en los ojos de ella.

—Eso ha sido… ¿Vemos si vuelve a pasar?

Georgia asintió y se pegó a él, ofreciéndole sus labios. Sean alimentó la corriente eléctrica que los envolvía, profundizando el beso con lengua y apretándola contra su cuerpo. Ella lo rodeó del cuello con los brazos, entregándose con pasión.

Mientras ella se frotaba contra su erección, Sean deseó que no llevaran ropas. Apartó su boca y trató de calmar su respiración. Pero no lo consiguió. Lo único que podía sosegar el alocado latido de su corazón era poseerla. Solo así podría sofocar el fuego que lo asfixiaba por dentro.

Necesitaba tener a la tentadora Georgia Page, cuya boca parecía diseñada para incitar a pecar a los hombres.

—Llevas demasiada ropa —murmuró él, llevando las manos a los botones de la blusa de ella.

—Y tú —repuso ella, sacándole la camisa de dentro del pantalón. Intentó desabrocharle los botones, sin conseguirlo, y se rio de sí misma por lo nerviosa que estaba—. No puedo. Maldición.

—No hace falta —replicó él y se abrió la camisa de golpe, tirando de ambos lados y haciendo que los pequeños botones blancos saltaran por los aires como diminutos misiles.

Georgia volvió a reír y posó ambas manos sobre el pecho de él. Al sentir su contacto sobre la piel, Sean contuvo el aliento. Saboreó cada caricia, dejándose hacer, mientras ella le recorría cada centímetro.

Sean estaba dispuesto a tumbarse y dejarse explorar con libertad, siempre y cuando él pudiera hacer lo mismo. Le desabrochó la blusa, se la quitó y, cuando vio su piel desnuda, con los pechos cubiertos solo por un sujetador de encaje azul pálido, se le quedó la boca seca.

Apartándose el pelo de la cara, Georgia lo miró a los ojos, al mismo tiempo que él le desabrochaba el broche delantero del sujetador. Tras liberar sus pechos, él los sujetó en sus manos, acariciándole los pezones endurecidos con los pulgares hasta hacerla suspirar.

–Eres preciosa, Georgia. Más bonita de lo que había imaginado –susurró él, y le guiñó un ojo–. Y te advierto que tengo mucha imaginación.

–Ahora me toca a mí –dijo ella, sonriendo. Le apartó la camisa y le recorrió el torso con las manos.

Incendiado por su contacto, Sean se inclinó hacia delante y la tumbó en el sofá. La luz de la chimenea bañaba su rostro y su cuerpo, dándole un aspecto casi etéreo. Pero era una mujer real, con una necesidad material. Y él era el hombre que iba a satisfacerla.

Sin dudarlo, Sean le desabrochó la falda y, despacio, se la bajó por las piernas y la dejó en el suelo. Georgia llevaba unas pequeñas braguitas azules de encaje que le resultaron más eróticas que verla desnuda. Deseó morder su banda elástica y…

–¡Sean! –exclamó ella, sentándose de golpe.

–¿Qué pasa? –preguntó él, temiendo que ella hubiera cambiado de opinión.

–Preservativos –contestó ella–. No estoy tomando la píldora y no llevo preservativos –añadió, mordiéndose el labio–. Quizá Ronan tenga algunos arriba…

–No hace falta. Yo tengo en el coche –señaló él.

–¿Llevas preservativos en la guantera?

Lo cierto era que Sean llevaba mucho tiempo sin usar aquel paquete que había guardado allí para casos de emergencia.

–Es mejor prevenir.

–Date prisa –le rogó ella, quitándose las braguitas.

–Iré como el rayo –afirmó él y, haciendo un gran esfuerzo para separarse de ella, se dirigió a la puerta principal.

En un abrir y cerrar de ojos, Sean llegó al coche. Apenas notó la fría lluvia que había comenzado a caer. La noche estaba muy silenciosa, alumbrada solo por la luz que emanaba de la ventana del salón.

Abrió la guantera, agarró el paquete y la cerró. De vuelta en la casa, se quedó parado ante la puerta del salón. Georgia se había movido del sofá y se había tumbado, desnuda, sobre la alfombra, delante del fuego, con la cabeza apoyada en una montaña de cojines.

Él la recorrió con la mirada, despacio, queriendo saborear lo que veía. Con la boca seca y el corazón acelerado, pensó que nunca había visto a una mujer más hermosa.

—Estás mojado —susurró ella.

—No me había dado cuenta —repuso él, pasándose una mano por el pelo empapado.

—¿Tienes frío? —preguntó ella, y se incorporó sobre un codo para poder observarlo mejor.

La curva de su cadera, el volumen de sus pechos y el calor de sus ojos le provocaron una erupción volcánica.

—¿Frío? Nada de eso.

Sin apartar la mirada, Sean se quitó el resto de la ropa y la dejó caer al suelo.

Cuando se acercó, ella le acarició una mejilla, sonriendo.

—Pensé que aquí tendríamos más sitio que en el sofá.

—Muy bien pensado —murmuró él, besándole en la palma de la mano y, a continuación, le devoró la boca con pasión—. No hay nada más sexy que una mujer lista.

—Me alegro de saberlo —dijo ella, sonriendo, y lo besó.

Loco de deseo, Sean se sentía más excitado que nunca en su vida y no podía dejar de pensar por qué habían tardado tanto en hacer eso.

Enseguida, las sensaciones fueron demasiado abrumadoras como para seguir pensando. La besó en la mandíbula y el cuello, haciéndola suspirar de placer.

Su piel era suave y olía a flores. Sean no podía dejar de llenarse los pulmones con ella. Ansiaba perderse en su cuerpo, deslizar las manos por todas sus curvas. Le lamió los pezones, dedicándose a cada uno de ellos con lentitud, hasta que ella comenzó a gemir.

Georgia no podía dejar de tocarle la espalda, el pecho y más abajo, hacia el abdomen. Siguió bajando, hasta que sujetó su erección entre las manos. Sean levantó la cabeza, mirándola a los ojos para que pudiera ver lo que estaba haciendo con él.

El fuego de la chimenea chisporroteaba, la lluvia y el viento golpeaban en los cristales.

A ella se le aceleró cada vez más la respiración. Con el corazón latiéndole como un caballo desbocado, él sacó un preservativo del paquete, se lo puso y se colocó entre sus piernas.

Cuando Georgia levantó las caderas, invitándolo, él no pudo esperar ni un minuto más. Necesitaba poseerla, más de lo que había necesitado nada nunca en su vida.

Sujetándola de las nalgas, la colocó a su gusto y, de una sola arremetida, la penetró.

Georgia echó la cabeza hacia atrás y un suave gemido escapó de sus labios. Con la mandíbula tensa, él trató de tragarse otro gemido de placer. Ella le rodeó el cuerpo con las piernas y lo apretó para que estuviera más adentro, más cerca. Él se inclinó para besarla, mientras sus cuerpos se entrelazaban en un ritmo primitivo y ardiente.

Se movían juntos como si hubieran sido pareja

durante años. Cada uno parecía saber de forma instintiva lo que más excitaba al otro. Sus sombras se dibujaban las paredes, mientras él iba llevando a su amante más y más cerca del clímax.

Con sus ojos clavados en los de ella, vio cómo llegaba al éxtasis, sintió su cuerpo estremecerse en un mar de espasmos de placer. La contempló durante un instante interminable hasta que él también perdió el control y, besándola en profundidad, llegó al orgasmo con ella.

Georgia se sentía de maravilla.

El calor del fuego le calentaba un lado del cuerpo y Sean le calentaba el otro. Y, de las dos fuentes de calor, ella prefería la de aquel hombre fuerte, alto y guapo a su lado.

–Ha sido… –comenzó a decir ella, sonriendo.

–Sí.

–Ha merecido la pena esperar.

–Yo me preguntaba por qué diablos hemos esperado tanto –confesó él, acariciándole la cadera.

–Nos preocupaba que nos trajera complicaciones, ¿recuerdas? –comentó ella y, por primera vez desde que habían empezado su juego amoroso, sintió dudas sobre si habían hecho lo correcto. Lo más probable era que no, pensó, pero tampoco se arrepentía.

–Siempre surgen complicaciones cuando hay sexo del bueno –opinó él–. Y esto no ha sido bueno nada más, ha sido…

–Sí. Es verdad.

–Bien, ¿qué hacemos ahora? –preguntó él, tocándole el trasero con suavidad.

Georgia no había tenido tiempo de considerar todas las posibilidades, algo que ella solía hacer con las situaciones que se le presentaban. Sin embargo, esa noche, le estaba costando mucho articular ningún pensamiento coherente. Su cuerpo seguía como electrificado y todavía quería más.

–Podríamos detener esto y fingir que esto nunca ha pasado –dijo ella de pronto, sin pensar.

–¿Es eso lo que quieres de verdad? –quiso saber él, y se incorporó para darle un beso en la boca.

Georgia se humedeció los labios, como para saborearlo, suspiró y meneó la cabeza.

–No. Pero todo se va a complicar más si seguimos con esto.

–La vida es complicada, Georgia –señaló él, tocándole un pezón con dedos juguetones.

–Es verdad.

–Y no creo que yo pudiera fingir que no ha pasado nada, porque cada vez que te vea, querré repetir...

–Eso es verdad también –reconoció Georgia, y le apartó un mechón de pelo de la frente. Diablos, ella ya tenía ganas de hacerlo de nuevo, quería volverlo a sentir dentro de su cuerpo, llenándola por completo.

Cuando Sean la miró con ojos brillantes, reluciendo bajo la luz de la hoguera, Georgia supo que estaba perdida. Al menos, por el momento. Quizá se arrepentiría después pero, al menos, tendría bonitos recuerdos que llevarse consigo.

—Bueno, ¿qué te parece si nos enfrentamos a las complicaciones según vayan surgiendo?

—Bien —contestó ella. No podía ni pensar en no volver a estar con él—. Somos adultos. Podemos hacerlo.

—Sí, nos hemos portado como adultos hace unos minutos, sin duda —bromeó él con una sonrisa.

—De acuerdo. Pues seguiremos adelante. Sin ataduras. Sin expectativas. Solo… nosotros. Durante el tiempo que dure.

—Suena bien —repuso él, se levantó y caminó desnudo hasta la mesa donde habían dejado las copas y la botella casi vacía de champán.

—¿Qué haces?

Sean le tendió los vasos.

—Voy a abrir otra de las botellas de champán de Ronan. La beberemos a nuestra salud y por el trato que hemos hecho.

Georgia levantó la vista hacia él, deleitándose con la visión de su cuerpo desnudo, tan musculoso y perfecto… De pronto, el deseo la dejó sin habla.

Sean Connolly no era la clase de hombre con que se podía tener una relación duradera, pero ella tampoco buscaba eso. Lo había intentado y solo había conseguido acabar con el corazón roto. Aunque Sean no se parecía en nada a su exmarido.

Y Sean era el hombre perfecto para satisfacerla en un momento dado.

Capítulo Tres

Los dos días siguientes fueron muy ajetreados. Laura estaba adaptándose a su nueva vida como madre y tanto ella como Ronan parecían a punto de dormirse de pie todo el tiempo. Pero la felicidad reinaba en casa y Georgia estaba decidida a compartirla.

Sean la había ayudado mucho presentándole a la gente del pueblo. La mayoría vivía y trabajaba en Dunley y había estado allí durante generaciones. Y, aunque podía que les gustara la idea de tener una tienda nueva en el pueblo, también mostraban cierta reticencia natural ante las cosas nuevas. Aun así, como Georgia no era una extraña del todo, casi todos mostraron más interés que desconfianza.

–¿Un estudio de decoración?

–Eso es –respondió Georgia a Maeve Carroll. La mujer de setenta años había sido niñera de Ronan hacía mucho tiempo y siempre estaba al tanto de todo lo que pasaba en el pueblo.

Llevaba el pelo blanco recogido en un elaborado moño. Tenía las mejillas sonrojadas del viento y ojos de persona inteligente. Con una chaqueta verde abotonada hasta arriba y pantalones negros, tenía un aspecto muy elegante, incluso con aquellas zapatillas de deporte rosas.

–Y dibujarás diseños de cosas para decorar las casas de la gente.

–Sí. Y las oficinas. Pueden encargarme de todo. Se trata de que fluya el espacio, como en el *feng shui*, pero de otra manera.

Maeve arrugó la nariz y sonrió.

–No hay mucho de ese *fing sut* en el pueblo.

Georgia sonrió por su pronunciación.

–No importa. Habrá personas que quieran redecorar su casa. Y también encontraré clientes en Westport y Galway…

–Es verdad.

Georgia recorrió con la mirada la calle principal del pueblo, un lugar que le encantaba. Tenía unas pocas tiendas, el pub Pennywhistle, una frutería, la oficina de correos y una fila de casitas de dos pisos recién pintadas.

Los dueños de los comercios barrían las aceras todas las mañanas y sacaban sus macetas con flores a la calle. Las puertas estaban pintadas de colores brillantes, rojo, azul, amarillo y verde, como si con aquellos tonos pudieran suavizar los días grises del invierno.

Había más casas, algunas encima de las tiendas y otras en el extremo de la calle que se dirigía hacia las granjas locales. Dunley tenía el aspecto de un pueblo que había permanecido igual durante siglos, una idea que le gustaba a Georgia.

Le sentaría bien echar raíces, sentir que pertenecía a algún lugar. Después de su divorcio, se había sentido tan… insegura. Había vivido en casa de

Laura, se había unido al negocio de Laura. No había tenido nada que fuera solo suyo. Aquel sería un nuevo comienzo, pensó, emocionada. Un nuevo capítulo de su vida que escribiría a su ritmo y a su manera.

A las afueras del pueblo, había un cementerio con tumbas que databan de hacía cinco siglos o más, todas todavía cuidadas por los descendientes de los difuntos. Las ruinas de antiguos castillos salpicaban el campo y, de vez en cuando, convivían con edificios modernos.

Pronto, Georgia sería parte de todo eso.

—Es un pueblo bonito —comentó ella con un suspiro.

—Lo es —afirmó Maeve—. Ganamos un premio en 1974. Desde entonces, el alcalde no ha dejado de presionarnos para que lo volviéramos a ganar.

Ella sonrió. Tal vez, siempre la llamarían la yanqui, pero esperaba que lo hicieran con afecto. Incluso podía ser que un día olvidaran que Georgia Page no había nacido allí.

Eso esperaba. Era importante para ella. Necesitaba que aquel nuevo comienzo funcionara.

—Te has quedado prendada de este local, ¿verdad? —preguntó Maeve, posando los ojos en el edificio vacío que tenían delante. Llevaba desocupado un par de años, desde que su último inquilino había desistido de establecer allí su negocio y se había ido a América.

—Así es —contestó Georgia, asintiendo con decisión—. Tiene mucho espacio.

–Mucho –dijo la mujer mayor, asomándose al interior por una de las sucias ventanas–. Colin Ferris nunca consiguió sacarle partido. No tenía talento para los negocios. Pretendía vender cosas de Internet en un pueblo como este.

Al parecer, Colin no había sido capaz de convencer a los lugareños de que un cibercafé fuera buena idea. Y el tráfico de turistas no había bastado para que fuera rentable.

–A mí no me sorprendió cuando se fue a América –comentó Maeve–. Uno se va y otra viene. Es lógico, ¿no?

–Sí –afirmó Georgia, que no lo había pensado de esa manera. Colin se había ido a Estados Unidos y ella dejaba su país para ir a Dunley.

–Entonces, ¿ya has decidido tu camino?

–¿Qué? Ah. Sí. Creo que sí –respondió Georgia, sonriendo. Había decidido alquilar ese edificio para su estudio y, tal vez, dentro de un par de años podría comprarlo. Su vida entera iba a cambiar y ella no volvería a ser la misma a la que Mike abandonó y dejó sin una gota de autoestima.

–Nuestro Sean también ha estado muy ocupado, ¿verdad? –observó Maeve–. ¿Te ha estado ayudando?

Georgia miró a la otra mujer con cautela. Sean y ella habían mantenido su… relación en secreto. Y, en un pueblo del tamaño de Dunley, eso era casi un milagro. Pero, si Maeve Carroll se proponía poner atención en ellos, su aventura sería del dominio público.

Y la anciana no era la única que empezaba a sospechar. Laura había comenzado a lanzarle miradas, como si estuviera preguntándose qué hacían Sean y ella todo el tiempo que pasaban juntos.

–Sean ha sido muy amable –repuso Georgia, tratando de fingir indiferencia–. Me ha ayudado mucho con el papeleo para conseguir los permisos necesarios…

–Es un chico listo, ese Sean. Nadie mejor que él para conseguir lo que se propone.

–Ah.

–Maggie Culhane me contó ayer que, cuando estaba tomando té en el pub con Coleen Leary, oyó que Sean le hablaba a Brian Connor de la casita de su madre, que va a quedarse vacía durante este año.

Georgia suspiró. Era increíble cómo corrían las noticias en Dunley.

–Sí. Sean le estaba pidiendo la casa para mí. Me gustaría vivir en el pueblo, si puedo.

–Entiendo –murmuró Maeve, mirando a su interlocutora como un policía en espera de una confesión.

–Ah, mira, ahí viene Mary Donohue con las llaves del local.

Salvada por la campana, pensó Georgia, aliviada. Maeve era un encanto, pero ella prefería no estar en su punto de mira. Ni Sean ni ella necesitaban que nadie conociera lo que compartían. Ninguno de los dos estaba interesado en convertirse en la comidilla del pueblo.

–Siento llegar tarde –se disculpó Mary–. He estado enseñándole una granja a un cliente. Llegó tarde y, luego, insistió en recorrer cada centímetro de la finca.

Mary se apartó el pelo pelirrojo de la cara, sacó una llave del bolso y abrió la puerta del local.

–Bueno. Si esto no es justo lo que estabas buscando, me va a sorprender mucho –señaló Mary, haciéndose a un lado para dejar pasar a Georgia.

Era perfecto, pensó Georgia, al entrar. El suelo era de madera y, tras pulirse un poco, quedaría genial. Las paredes necesitaban una mano de pintura pero, en conjunto, el lugar era justo lo que había buscado. Imaginó una mesa y sillas y baldas con muestras de su trabajo. Echó un rápido vistazo a la cocina que había al fondo, al baño y al almacén. Ya había visto el lugar una vez antes, pero había querido volver una vez más antes de firmar los papeles.

La habitación central era larga y estrecha, luminosa gracias a una enorme ventana que daba a la calle principal y a una cafetería donde Georgia iría a comprar el almuerzo todos los días y a tomar el té. Sería parte de Dunley y tendría el negocio que siempre había querido tener.

Maeve se dio un paseo por la habitación, inspeccionándolo todo como si nunca lo hubiera visto antes. Fuera, dos o tres lugareños curiosos empezaron a mirar por las ventanas.

–Sí, es perfecto –afirmó Georgia con una sonrisa.

Sean entró corriendo justo a tiempo para oírla. Sonrió y se acercó. Le posó las manos en los hombros y le dedicó un beso, rápido y sonoro.

–Felicidades.

Georgia se sintió embriagada por ese beso fugaz y, al mismo tiempo, preocupada porque Mary y Maeve lo hubieran visto. Sin embargo, a él no parecía importarle eso. Quizá, ni siquiera se había dado cuenta, pensó ella.

–En mis tiempos, para felicitar a alguien nos conformábamos con estrecharle la mano –murmuró Maeve.

–¿Tú también quieres un beso, Maeve? –ofreció Sean, levantó a la otra mujer en sus brazos y le plantó un beso en la boca antes de volver a dejarla en el suelo.

–Claro, Sean Connolly, siempre te tomas la libertad de besar a quien te parece.

–Es verdad –dijo Mary, guiñándole un ojo a Georgia–. En el pueblo, tenía fama de eso. Por eso, cuando mi Kitty era más joven, yo siempre la prevenía contra él.

Sean se llevó una mano al pecho, fingiéndose ofendido.

–Eres muy dura conmigo, Mary Donohue. Sabes muy bien que Kitty fue la primera en romperme el corazón.

–Difícil romper algo que nunca se ha usado –replicó Mary con un respingo.

Por el casi imperceptible cambio de expresión de Sean, Georgia se preguntó si las palabras de Mary no lo habrían afectado más de lo que parecía. Pero, un segundo después, él siguió hablando en el mismo tono de broma.

–Las mujeres bonitas fueron hechas para ser besadas. No puedes culparme por hacer lo que se espera de mí, ¿verdad?

–Siempre has sido un zalamero –le reprendió Maeve, aunque sonriendo.

–Bueno, entonces, ya está –observó Sean, mirando a Georgia y a Mary–. Te quedas con el local.

–Sí. Firmaré ya mismo, si Mary se ha traído los papeles.

–Aquí los tengo.

Georgia la siguió para firmar, mientras Maeve y Sean las contemplaban alejarse.

–¿Y qué travesura tienes en mente esta vez, Sean Connolly? –le susurró Maeve.

Sean no miró a la anciana. No podía apartar los ojos de Georgia. Durante dos semanas, la recién llegada había ocupado todos sus pensamientos. Desde la primera vez que la había tocado, no había podido dejar de desear volver a hacerlo. Tampoco había querido besarla así delante de testigos, sobre todo, de Maeve… pero no había podido contenerse.

–No sé a qué te refieres, Maeve.

–Claro que sí lo sabes.

–Déjalo, Maeve. Solo he venido a ayudar.

–Ya, como si tú fueras siempre tan amable.

Sean le lanzó una rápida mirada y suspiró. No había manera de ocultarle nada a Maeve Carroll.

Frunciendo el ceño, Sean se giró hacia Georgia, observándola mientras ella leía el contrato. Era una mujer de pequeña estatura pero tenía las curvas justas. Estaba muy guapa con esos vaqueros ajustados y el jersey de punto rojo que llevaba. Parecía llena de vida y hacía que todo a su alrededor pareciera tan gris como el cielo de Dunley.

–Ronan dice que no has ido mucho a visitarlo.

–Ah, bueno, quiero darles tiempo a que se acostumbren a estar con Fiona. No necesitan gente entrando y saliendo todo el rato.

–Tú no has dejado de entrar y salir desde que eras niño, Sean –replicó Maeve–. Tengo curiosidad por saber en qué estás tan ocupado últimamente.

–Tengo un negocio que atender, ¿recuerdas? –se defendió él. Sin embargo, Maeve sabía bien que no era necesario que fuera todos los días a la oficina de Irish Air. Tenía mucho tiempo para pasarse por casa de Ronan y Laura. Y, si no lo hacía, era porque quería ocultar su relación con Georgia–. Iré a visitar a mi primo, Maeve.

–Eso espero. Ronan está deseando que veas a su niña, así que hazlo pronto.

–De acuerdo –le aseguró él y, cuando le sonó el móvil, se lo sacó del bolsillo, aliviado por encontrar una manera de romper la conversación con aquella insistente mujer–. Sean Connolly.

Al escuchar la fría voz al otro lado de la línea, Sean sintió un nudo en el estómago.

–Repítelo, por favor –ordenó él, preocupado. Lanzó una mirada a Georgia y ella se la devolvió con gesto interrogativo, quizá porque había percibido su tensión–. Entiendo. Voy para allá.

Cuando Sean colgó, Georgia se acercó a él.

–¿Qué pasa?

–Es mi madre. Está en el hospital –contestó él, sin apenas poder hablar–. Ha tenido un ataque al corazón.

–Ay, Sean –dijo Maeve con tono compasivo.

Él no quería la compasión de nadie, ni estar en posición de necesitarla.

–Está en Westport. Tengo que irme.

Dicho aquello, Sean salió por la puerta, con la mente puesta en el hospital. Estaba loco de miedo y preocupación.

–Deja que te acompañe –pidió Georgia, detrás de él.

–No –negó él y, en sus ojos, leyó genuina preocupación. Si Georgia lo acompañaba, no sería de ayuda. Tenía que hacerlo solo–. Tengo que irme...

Ailish Connolly no era la clase de mujer que pudiera estarse quieta. Por eso, ver a su madre postrada en una cama de hospital, conectada a unas máquinas y llena de tubos, le encogió el corazón a Sean.

Sean se pasó una mano por el pelo, tratando de calmar sus nervios. Se sentía tan impotente... No podía hacer nada más que esperar. Y él no era un hombre paciente por naturaleza.

La habitación privada que le había conseguido a su madre olía como un jardín, pues le había comprado todas las flores de la floristería.

Sean Connolly era un hombre de acción. Sin embargo, allí, en el hospital de Westport, no podía hacer nada para cambiar la situación. Ni siquiera conseguía que los médicos respondieran sus preguntas. Lo único que había logrado hasta el momento había sido irritar a las enfermeras.

Sentado en una incómoda silla junto a la cama de su madre, Sean se llevó la cabeza a las manos. Había vivido solo con su madre durante tanto tiempo... Su padre había muerto cuando él había sido pequeño y Ailish se había hecho cargo de criarlo sola.

Luego, cuando los padres de Ronan habían muerto en un accidente, Ailish también se había ofrecido a ocuparse de él. Era una mujer fuerte y de voluntad inquebrantable. Y, hasta ese día, Sean la había creído invulnerable.

Sean seguía esperando a que le dieran los resultados de las docenas de pruebas que le habían hecho. La espera se le estaba haciendo insoportable.

Entonces, pensó en Georgia. Deseó haberla llevado con él. Era una mujer razonable y sabía mantener la cabeza fría. Y en ese momento, era lo que él necesitaba. Porque tenía la tentación de hacer trasladar a su madre a un hospital más grande en Dublín o de llevar allí a varios especialistas.

–¡Maldición! Quiero comprarle este odioso hospital a alguien que se digne a hablar conmigo y contarme qué pasa –dijo él en voz alta.

–Sean –susurró su madre, entreabriendo los ojos–. No maldigas.

–Mamá –dijo él, tomándole una mano–. ¿Cómo estás?

–Estoy bien. Al menos, estaba durmiendo una siesta muy agradable hasta que mi hijo me ha despertado maldiciendo.

–Lo siento –se disculpó él–. Pero nadie me dice nada en este maldito… –dijo y se interrumpió–. Nadie me responde.

–Quizá todavía no tengan las respuestas.

Eso no sirvió para tranquilizar a Sean.

Su madre tenía la cara pálida y los ojos verdes un poco acuosos.

A él se le encogía el corazón de verla así. Nunca había sido proclive al miedo, pero solo de pensar que su madre podía estar a las puertas de la muerte, estaba aterrorizado.

–¿Sabes lo que estaba pensando cuando me conectaban a todos estos tubos y cables? –le preguntó su madre, apretándole la mano.

Seguro que había estado muy asustada, imaginó él.

–No. Dímelo.

–Solo podía pensar que iba a morir y te iba a dejar solo –murmuró ella, con una lágrima rodándole por la mejilla.

–No vas a morirte –repuso él, combatiendo su propio miedo de forma instintiva–. Y no estoy solo. Tengo amigos. Tengo a Ronan y a Laura y ahora el bebé…

–No tienes familia propia.

–¿Y tú qué eres?

–Deberías tener una esposa –continuó su madre, mirándolo a los ojos con intensidad–. Una familia, Sean. Un hombre no debe estar solo.

Ailish llevaba toda la vida intentando casar a su único hijo. Sin embargo, en ese momento, por primera vez, Sean se sintió culpable.

–Ronan está emparejado ya y es feliz.

–Y yo –afirmó él, sin pararse a pensarlo.

–¿Qué?

–Yo también tengo pareja –mintió Sean con valentía. No había planeado hacerlo, pero el desasosiego de su madre le había despertado en él el impulso de hacerlo. Una pequeña mentira no podía hacer ningún daño, si conseguía calmarla. Si su madre se estaba muriendo, ¿no sería mejor que dejara el mundo pensando que su hijo era feliz–. Estoy comprometido –prosiguió él y sonrió–. Iba a contártelo la semana que viene –añadió, dando rienda suelta a la mentira.

Los ojos de Ailish brillaron y sonrió.

–Es maravilloso. ¿Quién es ella?

A Sean solo se ocurrió pensar en una mujer que podía servirle para el papel, pero no quería involucrar a Georgia sin contar primero con su consentimiento.

–Te lo diré en cuanto te pongas bien y salgas de aquí.

–Si es un truco… –le advirtió su madre, mirándolo con desconfianza.

Él se llevó la mano al pecho, fingiendo seriedad.

–¿Cómo iba a mentirte con algo tan importante?

–Es verdad. No me harías una cosa así.

La culpabilidad le atenazó un poco más el corazón a Sean.

–Bueno, pues ya está. Ahora duerme un poco.

Ailish asintió, cerró los ojos y, sin dejar de sonreír, volvió a dormirse, dejando a Sean solo con sus pensamientos.

Unas horas después, el médico se dignó al fin a hacer acto de presencia. A pesar de lo furioso que estaba, Sean se mordió la lengua y escuchó su veredicto. Había sido un ataque al corazón de poca gravedad. Ningún órgano importante había sufrido daños. Solo había sido un aviso de que Ailish debía tomarse la vida con más calma y cuidarse más.

El médico le dijo, también, que iban a hacerle más pruebas para estar seguros, lo que alivió y preocupó a Sean al mismo tiempo. Un ataque al corazón era algo grave, se mirara como se mirara.

Su madre tendría que quedarse en el hospital una semana más, descansando bajo órdenes del médico, por lo que Sean no tenía por qué contarle la verdad aún. Sin embargo, sí debía tener una pequeña conversación con Georgia.

Solo por si acaso.

Capítulo Cuatro

Sean dejó a su madre durmiendo y salió del hospital, contento por despejarse un poco. De pronto, una voz familiar lo llamó.

–¿Sean?

Al girarse, comprobó con placer que era Georgia, acercándose a él.

–¿Qué estás haciendo aquí? –preguntó él, y la abrazó con fuerza.

–No sabía nada de ti y me preocupé. Así que he venido a esperarte. ¿Cómo está tu madre?

Una mezcla de alegría y gratitud envolvió a Sean, que reconoció para sus adentros lo mucho que había deseado verla. No le había hecho nunca tanta ilusión ver a alguien como ver aparecer a Georgia entre la niebla en aquel frío día.

–Está bien, aunque el médico quiere tenerla ingresada una semana más. Dice que van a hacerle más pruebas y que quiere que descanse. Mi madre no ha sido capaz de descansar nunca en su vida, así que compadezco a las pobres enfermeras que intenten mantenerla tumbada en esa cama –contestó él y la besó en la frente–. Me asusté, Georgia.

–La familia es importante para ti –comprendió ella.

–Se pondrá bien.

–Es una buena noticia –comentó ella, observándolo con atención–. ¿Pero por qué pareces tan preocupado?

–Te lo contaré todo. Primero, necesito alejarme de aquí. Me siento como si hubiera pasado años dentro del hospital, en vez de unas horas –señaló él y miró hacia el aparcamiento, frunciendo el ceño–. ¿Cómo has venido?

–En taxi –respondió ella, encogiéndose de hombros–. Laura iba a traerme, pero le dije que podía venir sola y que tú me llevarías de vuelta.

–Y eso haré –afirmó él, tomándola del brazo–. Pero primero vayamos a mi casa. Tenemos que hablar. Necesito con desesperación una cerveza y creo que tú necesitarás un vaso de vino cuando oigas lo que tengo que decirte.

No había vino en el mundo capaz de tranquilizar los sentimientos de Georgia tras escuchar la noticia bomba.

–¿Estás loco? –le espetó ella, levantándose de un salto del sofá–. En serio, igual deberías hacer que te viera un psiquiatra.

Sean exhaló y tomó un trago de su cerveza. Georgia lo imitó, apurando su copa de *chardonnay*.

–No estoy loco. Bueno, un poco igual. Creo que no me estoy explicando bien –admitió él, pasándose la mano por el pelo con nerviosismo.

–Nada de eso. Has sido muy claro –repuso ella,

con los brazos cruzados–. Quieres que finja ser tu novia para que puedas mentirle a tu madre. ¿Es un buen resumen?

Sean se puso en pie también.

–Bueno, si lo pones así… Suena…

–¿Horrible?

Él se encogió un poco y se frotó la cara con desesperación. Al verlo, Georgia sintió un poco de lástima por él, aunque seguía teniendo ganas de darle una buena patada.

–Creí que se iba a morir.

–¿Y le mentiste para que muriera tranquila?

Al mirarlo, por primera vez desde que lo había conocido Georgia no vio en él al Sean encantador y risueño, sino al rígido dueño de Irish Air. Ese era el hombre que había sacado de la quiebra una línea aérea y la había convertido en la primera compañía de vuelos de lujo del mundo. El mismo que se había convertido en multimillonario gracias a su férrea fuerza de voluntad.

–Si crees que ha sido un plato de buen gusto mentirle a mi madre, te equivocas.

–Me alegro, porque Ailish me cae bien.

–Y a mí.

–Entonces, dile la verdad.

–Lo haré, en cuanto el médico me asegure que está bien –respondió él–. Hasta entonces, ¿qué tiene de malo que se crea una pequeña mentira?

Meneando la cabeza, Georgia se dirigió hacia la chimenea, donde la candela relucía y chisporroteaba. Encima, había unas fotos enmarcadas de Sean con Ronan, con su madre y con Ronan y Laura. La familia era importante para él, eso estaba claro.

–¿Tanto te cuesta fingir que estás loca por mí? –preguntó él con una media sonrisa.

Ella lo miró y pensó que la respuesta era no. Pero no pensaba confesárselo.

–Me estás pidiendo que mienta a Ailish.

–Solo por un tiempo –insistió él con tono zalamero–. Hasta que se recupere. Mi madre es... importante para mí, Georgia. No quiero hacerle daño.

Cielos, no había nada más sexy que un hombre que no se molestara en ocultar su amor por alguien, pensó Georgia. Le conmovía que su madre fuera tan importante para él. Aunque seguía sin convencerle el plan. Ella misma se había sentido hundida cuando había descubierto todas las mentiras que su exmarido le había contado. ¿Acaso no se sentiría Ailish traicionada también?

–¿Y no crees que le hará daño saber que ha sido engañada? –preguntó ella, meneando la cabeza.

–No tiene por qué saberlo –señaló él, sonriendo de nuevo–. Cuando llegue el momento, me dejas y yo me quedo solo y con el corazón hecho pedazos.

Georgia soltó una risa burlona.

–¿Por qué tengo que ser yo la mala? –preguntó ella y le dio otro trago a su copa–. Me pienso mudar a Dunley, ¿recuerdas? Veré a Ailish casi todos los días y no quiero que piense que soy una mujer odiosa que ha dejado a su hijo.

–No te culpará –le aseguró él–. Yo me encargaría de eso.

–Ya.

–Georgia, cariño, eres mi única oportunidad de salir airoso.

–No me gusta.

–Claro que no, porque eres una mujer honesta –señaló él y le quitó la copa de las manos. Luego, acariciándole los brazos, añadió–: Pero como también eres generosa y de buen corazón, comprenderás que es la única salida, ¿verdad?

–¿Crees que vas a convencerme con besos y caricias?

Él se inclinó, con los ojos fijos en ella.

–Sí, lo creo –contestó Sean–. Pero no será necesario, ¿a que no? Tienes buen corazón y seguro que comprendes por qué he tenido que mentir.

De acuerdo. Georgia podía entenderlo, por muy irritante que le resultara admitirlo. Comprendía que el miedo le había hecho actuar así cuando había creído que su madre iba a morir. Aunque… Maldición. El recuerdo de lo que le había hecho su exmarido le había enseñado que…

–Las mentiras siempre acaban mal, Sean.

–Pero no vamos a mentirnos el uno al otro, ¿verdad? Entre nosotros, todo estará claro. Y mi madre superará su decepción, cuando se recupere.

–No es solo tu madre, tenlo en cuenta –indicó ella–. Todo el pueblo lo sabrá. Todos pensarán que soy una idiota por dejarte.

–No creo –dijo él, sonriendo–. La mayoría de la gente de Dunley pensará que has sido una tonta por aceptar casarte conmigo. Dirán que recuperaste la sensatez al dejarme. Y, para asegurarnos de ello, yo cargaré con toda la culpa.

Georgia rio al escuchar lo complacido que él parecía con la opinión que tenían de él en el pueblo.

–No te da vergüenza, ¿verdad?

–No –admitió él con una sonrisa traviesa–. ¿Qué vas a hacer entonces, fingirás ser mi novia?

Ella tenía la tentación de aceptar, eso era cierto. Era una mentira pequeña, solo para ayudar a su amante. Además, era un amante maravilloso, pensó, con el corazón acelerado. Cada momento que había pasado con él en las últimas semanas había sido… fabuloso.

–Puedo ayudarte a conseguir el permiso para abrir tu tienda –se ofreció él–. Tengo trucos para acelerar la burocracia. Si no, tardarías una eternidad en poder abrir. Conozco a ciertas personas que se ocupan de estas cosas. Y soy el dueño de Irish Air, recuerda. Mis palabras tienen más influencia que las tuyas.

Sean tenía razón, reconoció ella para sus adentros. Ya había comprobado que el papeleo podía ser interminable si tenía que hacerlo sin ayuda.

–¿Es que quieres sobornarme?

Él sonrió y asintió, sin avergonzarse.

–Y lo estoy haciendo muy bien.

Al mirarlo a los ojos, Georgia supo que estaba vencida. Debía aceptarlo.

El plan no solo era una excusa excelente para mantener su aventura, sino que le conmovía lo mucho que Sean se preocupaba por Ailish.

–¿Y sabías que hay una casa venta en un extremo del pueblo?

–¿Esa de la que hablaste con alguien llamado Brian?

–Ay que ver, hablar de algo en el pub es como publicarlo en el periódico local. No, no se trata de la casa de la madre de Brian. Hace una semana, se la alquiló a Sinead y Michael.

–Ah –dijo ella, pensando que se la había escapado la oportunidad de hacerse con una casita que tenía muy buena pinta–. He hablado con Mary esta mañana y no me ha dicho que hubiera ninguna casa en venta.

–Mary no lo sabe todo –señaló él y le plantó un rápido beso en los labios–. Por ejemplo, yo tengo dos casitas en uno de los extremos de la calle principal. No están lejos de tu nuevo local…

Sean hizo una pausa antes de continuar, para darle tiempo a procesar la información.

–Son pequeñas, pero están bien conservadas. Están cerca del centro y tienen un bosque de hadas en la parte trasera.

Ella rio, meneando la cabeza.

–¿Un qué?

–Un bosque de hadas –repitió él con una sonrisa seductora–. Es un lugar donde puedes pedir un deseo en las noches de luna llena y puedes conseguir lo que ansías. O también puede que las hadas te rapten y te lleven a vivir con ellas entre los árboles.

El acento irlandés de su voz hacía que hasta la mayor fantasía sonara creíble.

–Hadas.

–¿Piensas vivir en Irlanda y no creer en hadas? –le retó él con ojos bromistas.

–Sean…

–Podría ofrecerte un buen trato para que te quedes con una de las dos casas, si…

–Eres malo –dijo ella con suavidad.

Su corazón estaba dividido. Por una parte, odiaba tener que mentir a la madre de Sean. ¿Pero cómo podía negarse? Él se estaba ofreciendo a ayudarle a comenzar su nueva vida y lo único que tenía que hacer a cambio era fingir que estaba enamorada de él.

Y eso no iba a ser difícil, reconoció para sus adentros. Su mera presencia ya era peligrosa para ella, pues ese hombre era capaz de hacerle olvidar quién era con solo tocarla.

–¿Qué dices, Georgia? –preguntó él, tomándola de las manos–. ¿Fingirás que vas a casarte conmigo?

–Esto no es algo que se pueda decidir en un momento, Sean –indicó ella, apartando las manos y dando un paso atrás–. Tengo que sopesar bien las posibilidades. Así que déjame pensarlo y te responderé mañana, ¿de acuerdo?

Él abrió la boca, como si fuera a discutir, pero pareció cambiar de idea. Asintió y, acercándose de nuevo, la tomó entre sus brazos. Georgia se dejó abrazar, rindiéndose al fuego que surgía entre ellos cada vez que se tocaban.

–De acuerdo. Me parece bien –dijo él.

Sintiendo el latido del corazón de él bajo el

oído, Georgia tuvo la tentación de hacer toda clase de cosas. Para distraerse, miró por la ventana, hacia la oscuridad de la noche lluviosa. Pero el frío y la lluvia no podían disimular la gran belleza de Irlanda.

De la misma manera, una mentira no podía ocultar lo que había entre ellos, pensó Georgia, levantando la vista hacia él. No sabía adónde se dirigía su relación, pero tuvo la sensación de que iba a ser mucho más ajetreada de lo que había planeado al principio.

–Estoy muerta de sueño –dijo Laura, bostezando encima de su taza de café a la mañana siguiente.

Georgia miró por la ventana, hacia el patio soleado y los árboles que habían empezado a perder sus hojas. Por primera vez en muchos días, el cielo estaba despejado, pero el frío viento irlandés seguía soplando con fuerza.

–Qué feliz soy de que vayas a vivir aquí –comentó Laura–. Te echo mucho de menos cuando no estás.

Georgia sonrió a su hermana.

–Lo sé. Y yo a ti. Y estoy entusiasmada con el cambio –reconoció y rellenó ambas tazas de café–. Aunque es verdad que da un poco de miedo. No solo voy a mudarme a un lugar nuevo para empezar de cero, también tengo que ocuparme de todos los pormenores, como cancelar la dirección de correo antigua, hacer cajas, trasladarlo todo…

Estremeciéndose al pensarlo, Georgia le dio un trago a su taza.

–Lo entiendo. A mí me pasó lo mismo cuando me mudé aquí. Pero todo ha salido bien.

–Tenías a Ronan.

–Y tú me tienes a mí.

–Siempre has sido muy optimista.

–No tiene sentido ser pesimista –replicó Laura–. Si vas por ahí frunciendo el ceño, esperando lo peor, cuando pase habrás estado sufriendo más de lo necesario.

–Lo pensaré –dijo Georgia.

Laura sonrió.

–Espero que reconsideres la posibilidad de vivir aquí con nosotros. Tenemos mucho sitio.

Georgia sabía que su hermana lo decía de corazón y se lo agradecía. Aunque mantener una aventura en secreto era difícil cuando se convivía con otras personas.

–Lo sé, y te estoy muy agradecida. Pero quiero tener mi propia casa, Laura.

–Ya, lo entiendo.

La luz de la mañana bañaba el salón en el día invernal.

–Ayer, Sean me dijo que tenía dos casas en el pueblo y que puede venderme una.

–Ah –repuso Laura con gesto pensativo–. Y ya que sacas el tema, ¿qué hay entre tú y Sean?

–Nada –mintió Georgia, bajando la mirada.

–¿Es que crees que estoy ciega? He tenido un bebé, pero no me han hecho la lobotomía.

–Laura…

Georgia había esperado que ese momento llegaría. Su hermana había tardado en hacerle la pregunta solo porque había estado muy volcada con Fiona. Pero Laura no estaba ciega.

–Me he dado cuenta de que pasáis mucho tiempo juntos –observó Laura–. Y él te mira mucho.

–¿Qué tiene eso de sospechoso?

–Pues que te mira como si fuera un muerto de sed y tú fueras una fuente de agua fresca.

Sus palabras no dejaron indiferente a Georgia, muy a su pesar. La noche anterior, después de hacerle su propuesta, Sean la había besado con pasión y la había llevado a casa de Laura, dejándola tan excitada que no había podido dormir. En ese momento, solo de pensar en él, se encendía la llama del deseo en su interior.

–Déjalo, Laura.

–Claro. Como si no fuera tu hermana –replicó Laura, acercándose un poco más–. Cariño, no me malentiendas. Me alegro de que por fin te diviertas un poco. Ya has tardado bastante en dejar atrás a ese tipejo con el que te habías casado…

Al oír mencionar a su ex, Georgia frunció el ceño.

–Vaya, gracias.

–Lo que pasa es que no quiero que te hagan daño otra vez.

–¿Qué ha pasado con ese optimismo tuyo?

–Esto es distinto –afirmó Laura, frunciendo el ceño–. Si termináis mal, ¿qué vais a hacer? Vivirás aquí y tendrás que ver a Sean casi todos los días. Eso te haría daño y no quiero que sufras.

Georgia suspiró y le dio a su hermana una palmadita en la mano.

–Lo sé. Pero no es asunto tuyo, Laura. Y no vamos a terminar mal, solo…

–¿Sí?

–Iba a decir que solo somos amantes.

–Para ti, eso de ser solo amantes no existe, Georgia. Ni para mí tampoco. No estamos hechas de ese modo.

–Lo sé –admitió Georgia–. Pero, después de ser prudente durante muchos años, no he conseguido nada. Pensé que Mike era el hombre adecuado, ¿recuerdas? Hice lo correcto con él. Salimos durante dos años y nos prometimos durante uno. Hubo una boda por todo lo alto, compramos una casa bonita, nos propusimos construir una vida juntos… ¿Y qué pasó?

Laura se encogió.

–Mike se fue con Misty, una descerebrada incapaz de construir nada.

Laura esbozó una sonrisa llena de amargura.

–Esa no es razón para tener una relación con un hombre como Sean.

De pronto, Georgia se sintió impulsada a defender a su amante.

–¿Qué quieres decir? Es un hombre encantador y me trata muy bien. Nos divertimos juntos. Y eso es lo único que ambos estamos buscando.

–Por ahora.

–En este momento, solo me interesa el presente, Laura –aseguró Georgia, meneando la cabeza–. Ya estoy cansada de ser prudente. Es hora de desmelenarse un poco, de dejar de pensar en el futuro y vivir el ahora.

Tras una larga pausa, Laura suspiró.

–Quizá tengas razón. Sean es un encanto, pero...

–No te preocupes –le interrumpió Georgia–. No quiero casarme ni tener una familia. Tal vez, esas cosas no sean para mí.

–Claro que sí –replicó su hermana, mirándola con comprensión–. Eres una mujer de familia. Pero, si lo que necesitas ahora mismo es una aventura, estoy de tu lado.

–Gracias. Y, ya que hablamos de esto, deberías saber que anoche Sean me pidió que lo ayudara.

En unas cuantas frases, Georgia le explicó el plan de Sean, mientras su hermana se quedaba con la boca abierta.

–No lo dices en serio.

–Creo que sí.

–Deja que te explique todas las consecuencias que puede tener...

–Hazme un favor y no lo hagas, ¿de acuerdo? –le interrumpió Georgia–. Lo he estado pensando y entiendo por qué lo hace.

–Yo también. Aunque eso no significa que sea una buena idea.

–¿Qué no es una buena idea? –preguntó Ronan, entrando en el salón. Le dio un beso a su esposa y se sirvió un poco de café.

—El idiota de tu primo quiere que mi hermana finja que van a casarse –le informó Laura, mirándolo con ojos encendidos, como si él tuviera la culpa.

Mientras Laura se lo contaba todo a Ronan, Georgia se recostó en su asiento y apuró la taza de café.

Sí, sin duda, se había metido en un buen lío.

Capítulo Cinco

Cuando Laura se calmó un poco y se calló, Georgia tomó la palabra.

–Sean puede venderme una casa –explicó ella con tranquilidad–. Puede ayudarme a acelerar los trámites del permiso de negocio.

–Ronan también puede hacerlo.

–Lo sé –dijo Georgia y sonrió a su cuñado–. Pero Sean ya se ha ofrecido.

–Y… –repuso Laura.

–¿Y qué?

–Y ya sois amantes, así que todo esto no va a hacer más que complicar las cosas.

–Oh –murmuró Ronan–. ¿Desde cuándo? No. Da igual. No tengo por qué saberlo.

–No va a complicar nada –insistió Georgia.

–Claro que va a complicarse todo –repitió Laura–. ¡Mírame a mí! Rompí con Ronan el año pasado, ¿te acuerdas? Y aquí estoy ahora, casada y con un bebé.

–¿Te quejas de algo? –preguntó Ronan socarrón.

–Nada de eso –repuso Laura–. Solo digo que, incluso cuando crees que sabes lo que va a pasar, las cosas pueden ponerse patas arriba en cualquier momento.

El altavoz del bebé delató su llanto. Laura se puso en pie.

—Tengo que ir a por la niña, pero no hemos terminado la conversación —advirtió, saliendo del salón.

—Laura solo se preocupa por ti —señaló Ronan, se sirvió más café y se sentó delante de Georgia.

—Lo sé —afirmó Georgia—. Tú conoces a Sean desde siempre. ¿Qué opinas?

—Yo le advertí a Sean de que se mantuviera alejado de ti, pero ya veo que no ha servido de nada —confesó Ronan y se quedó pensativo durante un par de minutos—. Opino que es buena idea.

Georgia sonrió y se recostó en su asiento.

—Me alegro.

—Pero… Entiendo por qué Sean quiere hacerlo. Quiere que su madre sea feliz hasta que se ponga bien. Y es muy noble por tu parte que quieras ayudarle, siempre y cuando recuerdes que no debes enamorarte de él.

—No soy tonta.

—Eso yo ya lo sé —aseguró Ronan con una sonrisa—. Me ayudaste el año pasado, cuando Laura me estaba haciendo tan desgraciado…

—Fue un placer.

—Pues yo haré lo mismo por ti ahora. Sean es como un hermano para mí, por eso, si te hace daño y tengo que matarlo, me dolerá mucho.

Georgia sonrió.

—Gracias. Nunca había tenido un hermano mayor.

–Bueno, pues ya lo tienes –se ofreció Ronan, levantando su taza en señal de brindis.

–Me alegro –repuso ella, riendo.

–Ya habías tomado la decisión de ayudar a Sean, antes de contárselo a Laura, ¿verdad?

–Estaba a punto –admitió ella.

–¿Has firmado ya el contrato de alquiler del local?

–Sí. Y ahora voy a Galway para buscar muebles –informó, y bajó la mirada a su agenda electrónica, que acababa de sonar porque había recibido un email–. Estoy entusiasmada con el estudio. Necesita una buena mano de pintura… –dijo y se interrumpió al leer el mensaje–. ¿Qué? ¡Tiene que ser una broma!

–¿Qué pasa? –preguntó Ronan con preocupación–. ¿Algo va mal?

Leyó otra vez el mensaje de correo electrónico, para asegurarse de que había entendido bien. Así era.

–Esos cerdos, tramposos, miserables, mentirosos…

–¿Quién?

–Mi exmarido y mi exprima –gruñó ella–. No puedo creerlo. No podían haber caído más bajo…

–Ah –murmuró Ronan–. Puede que este tema de conversación sea más apropiado para Laura.

Georgia lanzó su agenda electrónica al sofá, dejó la taza de café sobre la mesa con brusquedad y se levantó llena de furia.

–No vemos luego, Ronan.

Georgia estaba demasiado enfadada como para notar el frío.

Caminó a toda velocidad, con la vista puesta en su objetivo. El tejado de la mansión de Ronan podía divisarse por encima de los árboles.

Cruzó el campo, atravesó el pequeño bosque que rodeaba la casa y recordó vagamente algo que Sean había dicho sobre las hadas y su costumbre de raptar a la gente.

–Hoy no creo que se atrevan a intentarlo –murmuró ella.

Cuando Georgia se acercaba a la entrada de la casa, de piedra y madera, Sean salió a recibirla.

–¡Georgia! –saludó él, sonriendo–. Iba a parar en casa de Ronan para verte antes de ir al hospital a visitar a mi madre.

Ella se apartó el pelo enredado de la cara y se sacudió la hierba y el rocío de las botas. Llevaba su vestido verde de lana favorito, aunque era un poco viejo. Quizá debería haberse puesto algo más nuevo para la ocasión. Después de todo, iba a prometerse con un hombre. Pero tampoco sería algo real. Sería solo una farsa, se recordó a sí misma.

Justo igual que su primer matrimonio.

–¿Estás bien? –preguntó él. Su sonrisa se desvaneció al posar los ojos en ella y ver su expresión. Se acercó y la abrazó por los hombros.

–En realidad, no –confesó Georgia y respiró

hondo, esperando que el frío viento calmara su furia. No funcionó.

–¿Qué sucede?

–Ayer me ofreciste un trato.

–Así es.

–Ahora tengo yo otro que ofrecerte.

Sean la soltó, aunque no se apartó y seguía mirándola con preocupación.

–De acuerdo. Cuéntame.

–No sé por dónde empezar. Acabo de recibir un correo electrónico de mi prima Misty. La mujer con la que se fue mi exmarido.

–Ah –asintió él, como si comprendiera por qué estaba tan disgustada.

–Una invitación a su boda.

Él se quedó boquiabierto. Y Georgia tuvo ganas de besarlo solo por eso. Que comprendiera la situación, sin necesidad de más explicaciones, significaba mucho para ella.

–Qué poca clase.

–¿Verdad? –dijo ella y comenzó a caminar arriba y abajo delante de él–. Hay que ser ruin para enviar invitaciones electrónicas a una boda –señaló, levantando las manos al cielo–. ¿Quién hace eso? ¡Nadie! ¿Te parece normal enviar una estúpida invitación por email a la mujer a quien tu prometido ha engañado? ¿A la mujer que él abandonó por ti? ¿Y qué me dices de Mike? ¿Qué diablos estará pensando? ¿Cree que es normal invitarme a su boda? ¿Acaso cree que somos viejos amigos? ¿Espera que me comporte de forma civilizada?

–Ser civilizado no es divertido.

–¡Eso es! –exclamó ella–. La verdad es que me importa un pimiento con quién se case ese idiota, los dos se merecen el uno al otro, ¿pero por qué creen que voy a querer ser testigo de ese matrimonio?

–No sabría decirte.

–Nadie sabría, porque no tiene sentido –prosiguió ella, dando rienda a su indignación. Entonces, se le ocurrió algo–. Lo más probable es que esperen que no vaya a la boda. Misty solo quiere que yo sepa que se va a casar con Mike. Cree que eso me hará daño.

–Y se equivoca, claro.

–¿Te parece que estoy dolida? –preguntó ella, afilando la mirada.

–Ni un poco –se apresuró a responder él–. Pareces furiosa y tienes todas las razones para estarlo.

–Eso es –replicó ella y se puso en jarras, golpeando con aire ausente el suelo con el tacón–. ¿Y sabes qué? Pienso ir a esa boda.

Sean rio.

–Ya verás. Voy a enseñarles lo poco que significan para mí.

–Buena idea.

–Llegaré a su boda en Ohio del brazo de mi apuesto y millonario prometido.

–¿Ah, sí? –preguntó él, esbozando una sonrisa.

–Ese es el trato –dijo ella, más calmada después de haberse desahogado–. Haré feliz a tu madre hasta que se ponga bien, si vienes a esta boda conmigo y convences a todos de que estás loco por mí.

–Trato hecho –se apresuró a contestar él.

Cuando Sean iba a tomarla en sus brazos, ella le detuvo, poniéndole una mano en el pecho.

–Y también me ayudarás a conseguir el permiso para abrir mi local y me venderás la casa, ¿verdad?

–Claro.

–De acuerdo –concluyó ella, tomando aliento.

–Tenemos un trato, Georgia Page, y creo que los dos vamos a salir ganando.

–Espero que tengas razón –repuso ella y le tendió la mano para estrechársela.

–Esa no es manera de cerrar un acuerdo entre amantes –comentó él, meneando la cabeza.

Entonces, la tomó entre sus brazos, la apretó con fuerza y la besó con pasión.

Los días siguientes pasaron volando.

Georgia casi olvidaba, en ocasiones, que lo que había entre Sean y ella no era real. Él representaba su papel de maravilla. Actuaba como un hombre enamorado y, si ella no hubiera sabido que era una farsa, se habría enamorado de pies a cabeza de él.

Fiel a su palabra, Sean había acelerado el papeleo para conseguir la licencia de negocio, que estaría lista dentro de una o dos semanas. Le había vendido a Georgia una de sus casas del pueblo, a un precio irrisorio. Pero todo era parte del trato, se había recordado ella. Al mismo tiempo, le molestaba pensar en la boda a la que iba a asistir con él.

Georgia enderezó la espalda. Había tomado una

decisión y no pensaba dar marcha atrás. Además, estaba entrando de lleno en una nueva vida. Tenía un amante, una empresa propia, una casa.

Y todo lo había construido sobre una mentira, le susurró su conciencia.

—La cuestión es qué quedará de todo ello cuando la mentira se derrumbe —dijo Georgia, hablando sola. Pero no ayudaba pensar en esas cosas, así que trató de dejar de lado la idea.

Había elegido su camino y, pasara lo que pasara, Sean y ella lo superarían. Eran dos adultos. Podían tener sexo y… lo que fuera, sin hacerse daño. Por otra parte, aunque quisiera zafarse de su acuerdo, la verdad era que estaba demasiado implicada en su relación como para cortar en ese momento. Así que solo le quedaba someterse al plan que habían hecho y rezar.

Mientras, tenía que ocuparse de su estudio y de decorar y amueblar su nueva casa.

Haciendo un alto en sus pensamientos, Georgia se apartó para observar la mezcla que había hecho y sonrió al ver el color amarillo pálido de una de las paredes de su despacho. Era alegre y lo bastante brillante como para contrastar con los días grises del invierno irlandés. Había dejado abierta la puerta, para que se fuera un poco el olor a pintura. El frío viento le soplaba en el pelo mientras pintaba.

Durante toda la mañana, la gente del pueblo se había estado pasando por allí para ofrecerle ayuda o para felicitarle por su próxima boda. Por eso, no le sorprendió oír una voz desde la puerta.

–Está quedando muy bien.

Cuando Georgia se giró, vio a Ailish, entrando del brazo de su hijo Sean.

–Gracias –dijo ella, sonriendo–. No sabía que ibais a venir. Ailish, me alegro mucho de verte fuera del hospital.

–Yo, más –repuso ella con otra sonrisa–. No sabes las ganas que tenía de volver a casa. Aunque yo quería volver a mi propia casa en Dublín pero mi hijo ha insistido en que me quede en la mansión familiar hasta que esté recuperada. De todas maneras, ya casi lo estoy.

–No estás recuperada y tienes que descansar, como te ordenó el médico –le recordó Sean.

–Descansar –repitió Ailish en tono de queja.

–¿Cómo te sientes?

–Muy bien –aseguró la mujer mayor y se acercó para darle un abrazo a Georgia–. Cuando Sean me contó la noticia, me alegré muchísimo.

Georgia sintió el aguijón de la culpa. Al mirar a Ailish a los ojos, se quiso morir por haber formado parte en esa mentira. Sin embargo, también percibió la palidez y las ojeras de la otra mujer. Quizá, no se encontraba tan bien como aseguraba y, tal vez, eso fuera razón suficiente para seguir adelante con la farsa.

–Es estupendo que tu hermana y tú forméis vuestras nuevas familias aquí –comentó Ailish y suspiró por lo romántico que le parecía–. No podía haber soñado con una nuera mejor.

–Gracias, Ailish –repuso Georgia.

–Déjame ver el anillo –pidió la madre de Sean, tomándole la mano izquierda.

No había anillo.

Georgia ocultó la mano y lanzó una rápida mirada a Sean.

–Todavía no hemos elegido uno –explicó él con rapidez–. Tiene que ser especial, ¿verdad?

–Hmm –murmuró Ailish, mirando a su hijo con curiosidad–. Bueno, pues enseñádmelo cuando lo tengáis. Ahora, si no os importa, me sentaré a esperar en el coche, hasta que estés listo para que nos vayamos, Sean –señaló la mujer, y le dio un beso en la mejilla a Georgia–. Me alegro mucho por los dos. Será una boda preciosa. Y creo que deberíais celebrarla aquí en Dunley, ya que Laura y Ronan se casaron en California.

–Eh… claro –balbuceó Georgia, añadiendo otra mentira más a su lista–. Es lo justo.

–Eso es –repuso Ailish con una sonrisa–. ¿Ya tenéis la fecha prevista?

–No hemos tenido tiempo de pensarlo todavía –informó Sean–. Con la mudanza de Georgia y la apertura de su nuevo estudio, hemos estado muy ocupados para hacerlo.

–Espero que sea pronto –continuó Ailish–. Tal vez, podría ser en Navidad. Sean enviará un avión a buscar a tus padres, por supuesto. Igual quieren venir un poco antes, para que podamos hacer los preparativos juntos.

–Se lo preguntaré.

–Genial –dijo Ailish con una sonrisa radiante y

se giró hacia su hijo–. Hablaré con el padre Leary mañana y le diré que anuncie vuestro compromiso en la misa.

–De acuerdo –contestó él, un poco rígido–. Lo dejo en tus manos.

–Bien. Ahora, me voy. Esperaré en el coche, Sean.

Los dos la vieron irse y, cuando estuvieron seguros de que no los oía, Georgia agarró del brazo a Sean.

–¿El cura? ¿Va a anunciar el compromiso en la iglesia?

Eso complicaba las cosas todavía más. Durante tres semanas, el cura leería los nombres de las parejas que querían casarse, dando la oportunidad de que aquel que tuviera alguna objeción legal o civil hablara. Eso significaría que la noticia se haría pública más rápido de lo que Georgia había esperado.

–Sí, bueno, es así como se hace, ¿no? –replicó él, pasándose la mano por el pelo con nerviosismo.

–¿No puedes decirle que espere?

–¿Y qué razón le doy? –replicó él, meneando la cabeza–. No, se anunciará en misa. Pero eso no cambiará nada. Podremos romper el compromiso cuando tú me dejes, Georgia. Todo va a salir bien, ya lo verás –aseguró él, y le tomó la mano, acariciándole el dedo anular–. Siento haberme olvidado del anillo.

–No importa.

–Sí importa. Lo compraré hoy.

–Sean –le susurró ella, acercándose un poco

70

más–. ¿Estás seguro de que estamos haciendo lo correcto?

–Sí –insistió él e inclinó la cabeza hacia ella–. Mi madre está cansada, Georgia. Nunca la había visto tan pálida y no quiero darle ningún disgusto. Esperemos a que se recupere para ponerle fin a esto. Tenemos un trato, ¿recuerdas?

–Sí –afirmó ella, suspirando.

–Bien –dijo él y la besó–. Voy a llevar a mi madre a casa y, luego, volveré para ayudarte a pintar.

Rindiéndose a sus encantos, ella sonrió.

–¿Se te da bien pintar?

–Soy un hombre de muchos talentos.

No había duda de eso, pensó Georgia, viéndolo marchar.

Capítulo Seis

—Estoy un poco agobiado —confesó Sean a Ronan al día siguiente, en casa de su primo.

Llevaba varios días rodeado de mujeres. Se pasaba el tiempo con Georgia, su madre y el ama de llaves, incluso con Laura, que no dejaba de lanzarle miradas de sospecha cada vez que se lo encontraba. Empezaba a necesitar un poco de compañía masculina.

—No me sorprende —contestó Ronan y abrió la nevera para sacar las cervezas que tanto necesitaban su primo y él—. Imagino que te sentirás como un conejo en una trampa.

—Gracias por el símil —dijo él, encogiéndose—. He venido en busca de solidaridad y me picas como una víbora. ¿No vas a consolarme?

—No —se negó Ronan y, después de sacar las cervezas, vio algo blanco y pequeño en el suelo. Se agachó para recogerlo—. ¿Un botón de camisa?

—¿Qué?

—Un botón de camisa —repitió Ronan, mirándose la camisa para ver si le faltaba alguno—. ¿De dónde ha salido?

Sean sabía muy bien la respuesta. Era uno de los que se le habían saltado la noche en que había hecho el amor con Georgia en aquella habitación, delante del fuego. Al recordarlo, tuvo una erección instantánea.

–¿Cómo voy a saber yo de quién es ese maldito botón? ¿Es que no me has oído, Ronan? Tengo un problema.

Frunciendo el ceño, Ronan dejó el botón sobre la mesa y le tendió una cerveza a su primo.

–Es lo que te mereces. Te lo avisé. ¿Acaso no te advertí el día de mi boda que te mantuvieras alejado de Georgia?

Sean destapó su cerveza y le dio un largo trago. Ronan se lo había advertido, sí. De todas maneras, incluso en ese momento, después de que las cosas se hubieran complicado tanto, no se arrepentía de lo que había hecho.

–Cuando un hombre se ve tentado por una mujer como ella, es difícil recordar los consejos, menos si no han sido solicitados.

–Aun así, ahora que no sabes qué hacer, vienes buscando consejo, ¿no?

Sean dio un respingo. Había esperado encontrar un poco de comprensión masculina. Pero, al parecer, se había equivocado.

–Cuando termines de regodearte en mi desgracia, me avisas.

–Pues todavía tardaré un rato –señaló Ronan, dejándose caer en el sofá. Poniendo los pies sobre la mesa, miró a su primo–. ¿Qué es lo que te agobia?

–¿Por dónde empiezo? –replicó Sean, dando

vueltas por la habitación, incapaz de aclarar sus pensamientos.

–Por donde quieras.

–Bueno –dijo Sean y miró a su primo. A pesar del calor de la chimenea, le recorrió un escalofrío–. El padre Leary ha venido a verme esta mañana. Quería tener conmigo una charla prematrimonial.

–Ya. A mí me hizo lo mismo. Ese hombre se cree que lo sabe todo sobre el matrimonio y que puede dar consejos sobre cómo tratar a una esposa –se burló Ronan.

–Fue todavía peor. Quería hablarme de que tener sexo con tu esposa es distinto de hacerlo con tu amante.

Ronan se atragantó con la cerveza.

–Te lo mereces por tu reputación de mujeriego. A mí no me dijo nada de esas cosas –recordó Ronan y frunció el ceño un momento, sin saber si sentirse halagado o herido por ello.

–Me alegro por ti. No sé quién de los dos lo pasó peor con la conversación… yo o el pobre cura –continuó Sean, y le dio otro trago a su cerveza. Meneando la cabeza, trató de sacarse la cabeza la conversación con el cura–. Luego, Katie…

–¿Tu ama de llaves?

–Claro, ¿quién si no? No deja de comprar revistas de novias y se las lleva a mi madre, que las lee con avidez. Ya me ha hablado de las flores, como si yo supiera distinguir una rosa de una margarita, y quiere que alquilemos una carpa para ponerla en el jardín el día de la celebración, por si llueve.

–No sé de qué te extrañas. No es la primera vez que has estado prometido, después de todo.

–Esto no es lo mismo –murmuró Sean.

–¿Porque en aquella ocasión no era una farsa? Que yo recuerde, cuando Noreen te dejó, a ti te importó un pimiento.

Era cierto, pensó Sean. Le había pedido a Noreen Callahan que se casara con él hacía tres años. Ella era guapa e inteligente, sin embargo, Sean no le había dedicado tiempo. Se había pasado la vida trabajando y, al final, Noreen se había cansado. Había comprendido que todos sus millones no la compensarían por vivir con un hombre que apenas le prestaba atención.

Él ni siquiera se había inmutado cuando lo había dejado. Eso le había hecho pensar que no era la clase de hombre apto para el matrimonio. Y seguía pensándolo.

–Esto fue todo idea tuya.

–¿Crees que no lo sé? –replicó Sean, frotándose la cara y el pelo, nervioso. La mentira no había hecho más que crecer desde el primer momento–. En el Pennywhistle están haciendo apuestas, ¿sabías? Sobre la fecha de nuestra boda y del nacimiento de nuestro primer hijo.

–Yo aposté cinco euros al veintitrés de diciembre –confesó Ronan, sin levantar la mirada.

–¿Por qué demonios has hecho eso? ¡Tú sabes que no va a haber boda!

–Si no participo en las apuestas, ¿no crees que levantaría sospechas?

–Supongo que sí –admitió Sean, dejando vagar la mirada en la soleada tarde del exterior–. Cuando me iba a casar con Noreen, nadie parecía tan interesado en la novia.

–Porque a todos les caía mal. Es la mujer más pretenciosa que he conocido.

Sean no podía discutírselo, así que no dijo nada al respecto.

–Pero a todos les gusta Georgia. Es una buena persona.

–Eso ya lo sé.

–Y también sabías que esto iba a pasar, Sean. No me digas que no lo esperabas.

–Sí –admitió Sean–. Pero tengo la sensación de que todo escapa a mi control y no tengo ni idea de cómo recuperar las riendas de mi vida.

–No puedes.

–Gracias, hombre –repuso Sean y le dio otro trago a la cerveza, sin conseguir calmarse–. La bola se está haciendo más y más grande. Y no sé qué va a pasar cuando anunciemos nuestra ruptura.

–Deberías haberlo previsto antes.

–No me estás siendo de mucha ayuda –insistió él–. Le he dicho a Georgia que me encargaré de que todo el mundo me culpe a mí. Pero creo que es más complicado que eso. ¿Sabes que mi secretaria ya está recibiendo solicitudes de invitación de algunos de mis socios?

–Las mentiras cobran vida propia.

–Así es –afirmó Sean, apretando los dientes. De todos modos, sabía muy bien por qué se había metido en eso y no estaba seguro de haber hecho otra cosa si hubiera podido dar marcha atrás–. Tú no viste cómo estaba mi madre en esa cama de hospital, Ronan. No sabía si iba a perderla. Al ver su cara tan pálida y sus lágrimas, no tuve otra elección –explicó–. Me asusté mucho.

–Yo, también me asusté. Tu madre es muy importante para mí.

–Lo sé –repuso Sean y respiró hondo, para olvidar la angustia que había pasado en el hospital–. Y ya que quieres tanto a mi madre, ¿por qué no ayudas un poco a su hijo?

–De eso nada. Estás solo en esto, muchacho.

–Vaya, gracias de nuevo.

–Para que lo sepas, si Georgia acaba derramando una sola lágrima por todo esto, te daré una paliza.

–Lo sé –dijo Sean y se sentó junto a su primo–. No esperaba menos de ti.

–Bueno, entonces estamos de acuerdo –señaló Ronan y chocó sus botellas de cerveza–. Estás en un agujero que se hace más y más hondo a cada paso, Sean. Ten cuidado no te engulla del todo.

Bebiendo un trago después de aquel brindis tan agorero, Sean pensó que Ronan llegaba tarde con su advertencia. Estaba ya tan hundido en el fango que apenas podía ver la luz.

La cocina de Georgia olía a crema de puerros.

–Creo que voy a quedarme con Patsy. Dile a Ronan que aprenda a cocinar para ti –bromeó Georgia, inhalando el delicioso aroma.

–De eso nada –rio Laura–. Además, Patsy nunca me dejaría. Está loca por Fiona.

Georgia bajó la vista a la pequeña, que dormía acurrucada en sus brazos y sonrió. Tenía la piel blanca, largas pestañas y mejillas sonrosadas. Se preguntó cómo algo tan diminuto podía despertar tanto amor.

–La comprendo. Fiona es la niña más bonita que he visto.

–Lo mismo pienso yo –contestó Laura, sentándose sobre la cama nueva de Georgia–. La quiero con todo mi corazón. Nunca imaginé que pudiera sentir algo así.

De forma inesperada, Georgia sintió un poco de envidia. Y admitió para sus adentros que ansiaba poder disfrutar algún día de la misma felicidad que estaba viviendo su hermana.

No todo el mundo encontraba el amor, se dijo, ni conseguía que sus sueños se hicieran realidad.

–Tienes suerte –comentó Georgia, acariciando las mejillas de Fiona con suavidad–. Tienes a Ronan, tienes a Fiona, has vuelto a pintar… Me alegro mucho por ti, Laura.

–Lo sé. Y también quiero que tú seas feliz.

–Pero soy feliz, hermana –aseguró Georgia, forzándose a sonreír para hacerlo más creíble–. Voy a empezar un nuevo negocio. Me he mudado a un país nuevo. Tengo una sobrina preciosa y un hogar. ¿Acaso no es para estar contenta?

–No has mencionado nada de tu falso prometido.

–Es que yo no tengo a Sean –repuso Georgia, frunciendo el ceño.

–Por lo que respecta al pueblo de Dunley entero, sí lo tienes.

–Laura… –murmuró Georgia y le tendió el bebé a su madre.

–Lo único que digo es que… bueno, no sé. Lo que pasa es que estoy preocupada por ti.

–No lo estés.

–Ya, claro –replicó Laura y soltó un suspiro exasperado–. Quiero a Sean, pero tú eres mi hermana y me preocupa que todo esto acabe mal. El pueblo entero está esperando esa boda. ¿Qué pasará cuando rompáis vuestro compromiso?

Eso mismo le había preocupado a Georgia desde el principio. Todo el pueblo estaba emocionado con la boda. Ailish había encargado una tarta al pastelero y se estaba ocupando de un montón de cosas más.

–No sé, pero es demasiado tarde para pensar en eso ahora –señaló Georgia y se acercó a la ventana que daba al bosque de hadas de Sean. Al acordarse de él, sonrió.

–Esa sonrisa. Estás pensando en él.

–Deja de hacer como si fueras adivina. Es muy molesto.

–Bueno, dejaré el tema, por ahora –dijo Laura, meneando la cabeza.

–Gracias –contestó Georgia. La verdad era que

ya tenía bastante con sus propias preocupaciones como para escuchar las de su hermana.

–¿Necesitas que te ayude a hacer la maleta?

–¿Para un viaje que no voy a hacer hasta la semana que viene? –preguntó Georgia, riendo.

–Bueno, bueno. Solo quiero ayudar. Quiero que seas feliz aquí, Georgia.

–Lo soy.

Georgia miró a su alrededor. Era agradable tener su propia casa, aunque todavía le faltaba colocar sus cosas. Por suerte, mientras hacía llevar sus muebles desde Estados Unidos, podía utilizar los que ya tenía la casa.

Era una casa de cuento de hadas y Georgia estaba encantada con ella.

Aquella iba a ser su primera noche allí y estaba deseando que Laura se fuera. Pensaba darse un buen baño y servirse un vaso de vino para celebrar el estreno.

–Es una casa muy bonita –comentó Laura, mirando a su hermana un momento–. ¿Seguro que no quieres que Fiona y yo te acompañemos cuando vuelvas a California?

–Claro que no –repuso Georgia con firmeza–. No estaré mucho tiempo allí. Solo tengo que firmar los papeles para poner a la venta la casa. Cuando encuentren comprador, me mandarán los documentos por fax y podré cerrar el trato desde aquí. Luego, encargaré a una compañía de mudanzas que traslade mis cosas aquí –explicó–. Además, después de ir a California, me pasaré por Ohio para la boda.

Laura meneó la cabeza.

—No entiendo por qué insistes en ir. Ya has dejado atrás a Mike. ¿Qué más te dan esos dos?

—Me importan un comino —aseguró Georgia. Es por una cuestión de principios. Misty me envió una burda invitación, para restregarme por las narices que iba a casarse con Mike. Ellos no esperan que aparezca. ¿Pero por qué no hacerlo? Así, al menos, me daré el gusto de echar a perder su gran día.

Laura rio.

—Supongo que tienes razón. Si quieres que te diga lo que pienso, Misty se merece una buena lección.

—Pues se la va a llevar —prometió su hermana, riendo también—. Se va a casar con Mike, no hay nada peor que eso. Les deseo que tengan una docena de hijos, todos como él.

—Vaya. Se te está pegando la forma de ser irlandesa. Ya sabes soltar bendiciones y maldiciones al mismo tiempo.

Georgia se miró el anillo que llevaba. No estaba acostumbrada al peso del diamante y la esmeralda que Sean le había dado en señal de su compromiso.

Las piedras brillaban bajo la luz. Pensó que, aunque su nueva vida hubiera comenzado sobre una mentira, se sentía feliz. Y ya no le importaba lo que Mike hiciera o no, lo que era todo un progreso, después de toda la amargura y rabia que había derrochado en desearle lo peor a su exmarido.

Para evitar volver a sufrir, Georgia había encerrado su corazón bajo llave y, por fin, comprendía que eso era una estupidez. Sentir dolor significaba estar viva y no tenía nada de malo. Al menos, había logrado superarlo, se dijo, acariciándose el anillo.

Sin embargo, había superado un fracaso para meterse de cabeza en un compromiso falso. ¿Cómo había dejado que las cosas llegaran a ese punto?

–Tengo que irme –anunció Laura, sacándola de sus pensamientos–. Es casi la hora de dar de comer a Fiona y Ronan estará muerto de hambre también.

Contenta ante la perspectiva de quedarse un rato a solas, Georgia acompañó a su hermana a la puerta.

Laura le dio un beso en la mejilla.

–Ten cuidado. Y, por favor, toma una foto del vestido de novia de Misty. Seguro que no tiene desperdicio.

–Lo haré –prometió Georgia, riendo.

–Bueno, que disfrutes tu nuevo hogar y la cena que te ha preparado Patsy. Y que vuelvas pronto de tu viaje.

Cuando su hermana, Fiona y Patsy se hubieron ido, Georgia subió a su dormitorio y se dejó caer en la cama.

El silencio la rodeó.

Al fin en casa. Dunley sería, a partir de ese momento, su hogar.

Y le gustaba.

Georgia se dio un buen baño, saboreó un vaso de vino en silencio y se vistió con unos vaqueros.

El fuego de la chimenea iluminaba la habitación. Fuera, estaba oscuro.

Encendió la televisión y, al instante, la apagó de nuevo. Abrazándose a sí misma, deseó no estar sola.

–Quizá, debería comprarme un perro –dijo en voz alta y sonrió al imaginar un cachorrito patoso corriendo por la casa. Buscaría uno, se prometió a sí misma, en cuanto volviera de su viaje.

Echaba de menos las voces de Laura y Ronan y los sonidos de Fiona. Y los canturreos de Patsy cuando estaba cocinando.

Quería que alguien más viviera con ella.

Entonces, frunció el ceño, al reconocer la verdad. Lo que quería era estar con Sean.

Podía llamarle, por supuesto, pensó, dirigiéndose hacia el teléfono. Pero no era buena idea acudir a él cuando se sentía sola. Era mejor que, desde el principio, aprendiera a sostenerse sin ayuda.

Además, si quería que Dunley fuera su nuevo hogar, debía acostumbrarse a salir por el pueblo sola. Con esa idea en la cabeza, se puso el abrigo y se dirigió al Pennywhistle.

Abrió la pesada puerta del pub y entró en la ruidosa sala. El silencio de la noche fue roto por un mar de conversaciones y risas, con el sonido de música tradicional y unas cuantas parejas de botas bailando en la pista.

Era justo lo que necesitaba, pensó, y se sumergió entre la multitud.

Capítulo Siete

Georgia se encaminó a la barra, mientras se quitaba el abrigo. Dentro, hacía mucho calor, con tanta gente y la chimenea encendida en una esquina. Las camareras se movían entre la marea de clientes con gracia de bailarinas de ballet, llevando bandejas cargadas de cerveza, whisky, refrescos y té.

Unas cuantas personas la saludaron y Georgia sonrió. Eso era justo lo que necesitaba: recordar que tenía una vida real, aunque eso incluyera un novio falso. Tenía amigos allí. Se sentía integrada. Y era una sensación maravillosa.

Jack Murphy, el cartero, un hombre de unos cincuenta años y pelo gris, se bajó de su banqueta en la barra y se la ofreció. Ella aceptó, sabiendo que podía ofenderlo si la rechazaba.

—Gracias, Jack —dijo ella, alzando la voz para ser oída—. Parece que está muy lleno esta noche.

—Bueno, pasa en las noches frías. ¿Qué hay mejor que una sala llena de amigos y una cerveza?

—Es verdad —repuso ella, sonriendo, y se giró hacia Danny Muldonn, el dueño del Pennywhistle.

Era un hombre robusto, con poco pelo y sonrisa traviesa, y llevaba un trapo en un hombro y un delantal blanco en la cintura.

–¿Quieres lo de siempre, preciosa?

Lo de siempre, pensó Georgia. Le encantaba que ya conociera sus gustos.

–Sí, gracias, Danny. Un *chardonnay*, cuando tengas un momento.

–Eso sería mañana por la mañana, a juzgar por la gente que hay en la barra –repuso el camarero, riendo–. Te la pondré en cuanto termine de servir estas cervezas.

Georgia asintió y se volvió en su banquera, hacia la multitud. Con el abrigo doblado sobre las rodillas, observó la escena que tenía delante. Todas las mesas estaban repletas de vasos, todas las sillas llenas y la pista estaba inundada de parejas bailando. Entre los músicos, estaba el marido de Sinead, Michael, tocando el violín. Sinead estaba sentada cerca, con su bebé en brazos, sonriendo a su marido.

Aquello era Dunley, pensó Georgia. Había sitio para todos, desde la parejas de ancianos que se daban la mano sentados en su mesa, hasta la pequeña niña que intentaba copiar los pasos de baile de su madre.Era una comunidad muy unida. Y lo que más le gustaba era que se sentía incluida dentro de aquella gran familia.

Cuando la rápida melodía que estaba sonando terminó, empezó a sonar una balada que le llegó al corazón. Alguien de los presentes comenzó a cantar y, poco a poco, fueron uniéndosele voces hasta que todo el pub estaba cantando al unísono.

Georgia se giró y vio que su vino la esperaba sobre la barra. Tras darle un trago, se quedó escuchando la canción, disfrutando de la belleza del momento.

Estaba tan cautivada, que no se dio cuenta de que Sean había llegado hasta que él se acercó y la besó en la mejilla.

–Pareces encantada –le susurró él al oído.

–Es por la canción.

–Ah, *The Rising of the Moon* es preciosa.

–¿De qué trata?

–De revolución. Es lo que mejor se nos da a los irlandeses –contestó él, guiñándole un ojo.

Cuando la canción terminó, los músicos dejaron sus instrumentos para aplaudir e hicieron una pausa para tomar cerveza.

–¿Qué quieres, Sean? –preguntó el camarero.

–Un Jameson, por favor, Danny. *Tá sé an diabla an oíche fuar féin.*

–Sí que lo es –contestó Danny, riendo.

–¿Qué has dicho? –quiso saber Georgia.

Sean se encogió de hombros, tomó su vaso y dejó dinero en la barra para pagar su bebida y la de ella.

–Era gaélico. He dicho que es una noche fría del diablo.

Georgia había oído palabras en gaélico desde que había llegado a Irlanda, pero nunca se le había ocurrido pensar que todavía era una lengua viva.

–El idioma irlandés estuvo a punto de perderse hace poco. Después de que naciera la república, el Gobierno decidió recuperarlo. Ahora, se enseña en las escuelas. Nuestros niños ya no tendrán que preocuparse por perder parte de su identidad y su cultura.

Georgia lo miró, encandilada. Había un brillo de orgullo en sus ojos mientras hablaba.

–Somos un país pequeño, pero orgulloso –continuó él, bajando al vista a su vaso de whisky–. Defendemos lo nuestro con la lucha, si es necesario –añadió y miró al hombre que había sentado junto a ella–. ¿No es así, Kevin Dooley?

El otro hombre rio.

–Yo me he peleado contigo muchas veces, por una mujer, por una cerveza o solo por placer.

–Y nunca me has ganado.

–Todavía hay tiempo –le advirtió Dooley con tono amistoso, sonriendo.

Georgia rio también y se acercó a Sean mientras los músicos volvían a retomar sus instrumentos. A su lado, se dejó envolver por la magia del momento.

Y se negó a recordar, al menos por esa noche, que él era suyo solo de forma temporal.

Dos horas después, Sean la acompañó a su casa. Georgia abrió, entró y se giró para mirarlo.

Hacía días que no estaban a solas. Sean había estado ocupado con su madre y ella había estado en casa de Ronan y Laura.

Hasta esa noche.

Sean estaba parado ante la puerta, rodeado de oscuridad. Sus ojos brillaban de deseo.

–¿Vas a invitarme a entrar, Georgia?

A ella se le aceleró el corazón y se le quedó la boca seca. Eso hombre tenía la capacidad de excitarla más que ningún otro.

Aquello era más que una aventura, se dijo Georgia. Había afecto y peligro. Y la certeza de que, cuando sus días con Sean terminaran, nunca volvería a ser la misma.

Era demasiado tarde para echarse atrás. Y, aunque sabía que sufriría cuando todo acabara, no se arrepentía de nada.

Porque lo había encontrado en Sean era lo que había estado buscando toda la vida.

Se había encontrado a sí misma.

–¿Tanto te cuesta dejarme entrar? –preguntó él, cuando el silencio se hizo insoportable.

–No –negó ella y lo agarró de la camisa, tirando de él hacia dentro–. No me cuesta nada –aseguró y lo besó.

Al sentir su boca, Georgia se derritió por dentro y tuvo que aferrarse a su cuello porque las piernas se le hicieron de mantequilla.

El deseo era tan intenso, que apenas podía respirar. Cuando él apartó su boca, ella gimió.

–Eres única, Georgia –musitó él, mordisqueándole el lóbulo de la oreja.

Estremeciéndose, ella ladeó al cabeza, para dejarle hacer.

–Lo mismo estaba pensando yo de ti –reconoció ella con un suspiro–. Me encanta lo que me haces.

–Sabes a limón y hueles a gloria.

Ella sonrió, cerrando los ojos y entregándose a las sensaciones que la invadían.

–Me he dado un buen baño en mi nueva bañera.

–Siento habérmelo perdido –murmuró él, recorriéndole el cuello con los labios.

Georgia tembló de excitación.

Aquel hombre tenía un poder sexual extraordinario.

–Hoy he estado pensando en ti –susurró él y la giró para ponerla de espaldas contra la puerta. Le apartó un mechón de pelo con el dedo para seguir hablándole al oído–. Pensé que iba a volverme loco esta mañana, porque no podía concentrarme en los aviones que hemos encargado –añadió y bajó las manos a la cintura de ella, para sacarle la blusa de los pantalones–. Solo podía pensar en ti. Y en tenerte para mí solo por fin.

Al sentir sus manos desnudas en el vientre, una corriente eléctrica la recorrió. Se quitó el abrigo y lo dejó caer en el suelo.

–Ahora estás aquí –dijo ella, quitándole la chaqueta.

–Sí –dijo él, bajándole la cremallera de los vaqueros muy despacio.

A continuación, Sean deslizó una mano en sus pantalones y dentro de sus braguitas, para tocarle su punto más íntimo.

En el instante en que sintió su contacto, Georgia llegó al clímax. No se molestó en controlarse. Llevaba días esperando aquello. Mientras su cuerpo temblaba y se estremecía, él la besó, susurrando dulces palabras en gaélico, y siguió acariciándola, llevándola más y más alto.

Cuando Georgia pudo recuperar la respiración de nuevo, lo miró a los ojos y leyó en ellos un intenso deseo.

Esforzándose en no dejar de respirar, ella le acarició el rostro. Lo que ambos compartían en ese momento no tenía nada de falso, pensó.

—Me vuelves loco —dijo él, besándole la mano.

De forma inesperada, a ella se le llenaron los ojos de lágrimas. Se las limpió con la mano.

—Lo que siento cuando te veo temblar entre mis brazos es algo que no había sentido nunca —afirmó él y la besó con pasión—. Lo que tú me haces es nuevo para mí.

Georgia sabía bien a qué se refería, pues a ella le pasaba lo mismo. ¿Cómo era posible experimentar algo tan intenso? ¿Cómo era posible que lo que compartían no fuera real?

—Me quitas la respiración.

—Lo mismo digo —repuso ella al momento, tratando de disimular los hondos sentimientos que la invadían.

Él apoyó la frente en la de ella y la abrazó.

—Necesito que seas mía, Georgia. Me parece que han pasado años desde la última vez que sentí tu piel desnuda. Me tienes muerto de hambre.

A Georgia se le aceleró el corazón, pero no quiso rendirse tan rápido.

—¿Tienes hambre? Patsy ha dejado pan casero y sopa en la cocina —le provocó ella.

–Eres muy mala –dijo él, sonriendo.

–O, si lo prefieres, podemos subir y buscar otra cosa con que saciar tu apetito –invitó ella, tomándolo de la mano.

Entonces, Sean la besó y ella se derritió.

Era suyo. Esas dos palabras resonaron en la cabeza de Georgia mientras se dejaba besar. Era suyo. Por esa noche. Por el tiempo que decidieran estar juntos.

Y tendría que conformarse con eso, se advirtió a sí misma.

Juntos, subieron las escaleras y se fueron directos al dormitorio.

Al entrar, Sean miró a su alrededor, sonriendo al percibir los cambios que ella había hecho.

–Lo has puesto muy bonito. En solo un día. Lo has convertido en un hogar. Necesito que te tumbes –dijo él, desabotonándose la camisa–. Necesito tocar cada milímetro de ese precioso cuerpo tuyo y, cuando haya terminado, volver a empezar.

Con respiración entrecortada, ella se quitó el suéter y lo dejó a un lado. Los dedos le temblaban mientras se desabrochaba los botones de la blusa, pero Sean se acercó al instante para ayudarla. Al momento, dejó caer el pedazo de tela en el suelo.

Georgia solo podía oír los alocados latidos de su corazón. Sean le quitó el sujetador con ansiedad y, a continuación, los vaqueros. Ella hizo lo mismo con los pantalones de él.

En cuestión de segundos, se quedaron desnudos. Georgia se lanzó a sus brazos y, cuando él la levantó del suelo, ella le rodeó la cintura con las piernas, entrelazando los tobillos.

Él dio dos pasos hacia la pared más cercana y la apoyó contra ella.

–Creí que necesitabas la cama –susurró ella, rodeándole el cuello con los brazos.

–Y la necesitaremos. Cuando nos cansemos de estar de pie.

Entonces, Sean la penetró con fuerza y en profundidad. Ella se sintió como si le hubiera llegado al fondo del corazón. Enseguida, su cuerpo comenzó a subir en espirales de placer.

Georgia se movió con él, hasta que alcanzaron un ritmo frenético. En los ojos de su amante, leyó un inmenso placer, mientras la llevaba más y más cerca del clímax.

Ella le apretó por la espalda con los talones, urgiéndolo a continuar y, cuando el orgasmo comenzó a poseerla, gritó su nombre con desesperación. Instantes después, él enterró el rostro en su cuello, uniéndose a ella.

A pocos kilómetros de allí, en casa de Laura, el teléfono sonó y Laura contestó. Acababa de acostar a su hija y su marido la esperaba en el salón con una botella de vino.

–¿Hola?

–Laura, cariño –saludó Ailish–. ¿Cómo está tu pequeña Fiona?

Era la madre de Sean. ¿Por qué llamaría? ¿Sospecharía algo? Por eso no le gustaban las mentiras a Laura. Lo enredaban todo. Y no sabía qué podía decir y qué no. Sabía que Georgia y Sean lo habían hecho para proteger a Ailish, pero… ¿y si ella decía algo inconveniente que lo echaba todo a perder?

Laura entró en el salón y le lanzó una mirada pidiendo auxilio a su marido.

—Fiona está muy bien, Ailish. Acabo de acostarla.

—Muy bien. Entonces, ¿tienes un momento?

—Claro —repuso Laura, desesperada—. ¿Pero no quieres saludar a Ronan?

Al oírlo, su marido se puso de pie de un salto y le hizo gestos, negando con la cabeza.

Laura lo llamó cobarde, moviendo solo la boca y él aceptó el insulto con dignidad.

—No, querida, creo que es mejor hablar contigo —contestó Ailish.

Laura respiró hondo y esperó que le cayera una bomba encima.

—Solo quería hacerte una pregunta.

—¡Oh! —le interrumpió Laura, haciendo un último intento de escapar—. ¡Espera! Creo que he oído a Fiona…

—No, no te llama Fiona. Y no tiene sentido que intentes mentirme, Laura Connolly. No se te da bien, querida.

—Sí, señora —repuso Laura, rindiéndose.

Ronan le sirvió vino y le tendió la copa.

—Mira, conozco a mi hijo y tengo la sensación de que entre él y Georgia está pasando algo que nadie quiere contarme.

–Yo no…

–No intentes mentirme, Laura…

Laura suspiró.

–Mucho mejor –señaló la mujer mayor y se apartó un poco de auricular para hablarle al ama de llaves, que acababa de llevarle un taza de té–. Muchas gracias, Katie. Y tráeme también un par de bollitos, por favor. Laura y yo vamos a tener una larga charla.

La cosa no tenía buena pinta, pensó Laura, y se apuró la copa de vino de un solo trago.

Capítulo Ocho

Durante la semana siguiente, Sean siguió sintiéndose inquieto. Y cada día más. Era difícil ignorarlo. En todas partes, la gente le preguntaba por la boda.

Las apuestas en el pub se habían hecho más populares que nunca, incluso los lugareños de granjas vecinas se acercaban para apostar por el día de la boda. Incluso el periódico de Galway había anunciado su compromiso, gracias a Ailish.

Su madre se había volcado con tanto entusiasmo en los preparativos de aquella boda que nunca se celebraría, que le aterraba pensar qué pasaría cuando rompieran el compromiso.

Por otra parte, Georgia estaba cada vez más nerviosa y se inclinaba a contar la verdad. Él había tenido que convencerla de que siguieran con el plan, aunque tampoco estaba ya tan seguro de que fuera buena idea.

Sin embargo, cuando veía a su madre, que se movía todavía con dificultad, pensaba que había hecho lo correcto. Hasta que Ailish no estuviera bien, haría todo lo necesario para no disgustarla.

Aunque eso implicara estar cada vez más incómodo.

Hasta Ronan y Laura habían estado comportándose de forma extraña, sobre todo Laura. Se había recluido en su casa, con la excusa de estar demasiado ocupada con la niña como para ver a nadie.

Por todo ello, en esos momentos, la idea de acompañar a Georgia a Estados Unidos le parecía de lo más atractivo.

Necesitaba alejarse de todos durante una semana o así. Ambos tendrían, de esa manera, la oportunidad de relajarse y olvidarse de las mentiras que los acosaban.

Cuando despegaron en uno de los aviones de su compañía, solos con la tripulación, y la azafata los dejó a solas para darles un poco de intimidad, Sean posó los ojos en Georgia. Su mirada se incendió, como le pasaba siempre desde que la había visto por primera vez en la boda de Ronan y Laura.

Sin embargo, en las últimas semanas, aquella atracción se había convertido en otra cosa. Pasaba demasiado tiempo pensado en ella. Y, cuando estaban juntos, esperaba que su pasión se calmara, como le había pasado siempre con las otras mujeres con las que había estado. Pero eso nunca sucedía. Su deseo no hacía más que crecer cada vez que la veía. Como si, en vez de saciarse, solo consiguiera alimentar su apetito.

No era solo por el sexo. Le gustaba la forma en que su cabello color miel le rozaba la barbilla. Le gustaba cómo le brillaban los ojos y se le oscurecían cuando estaba dentro de ella. Le gustaba cómo vestía... con esa falda negra, blusa roja y tacones altos estaba guapísima. Y le gustaba cómo pensaba. Tenía ingenio, temperamento y no toleraba la tontería... una combinación muy atractiva para él.

Pensaba en ella todo el tiempo y tampoco le importaba hacerlo. Lo único que le molestaba era la sensación de que se estaba implicando más de lo que había pretendido. Sean sabía bien que un hombre enamorado perdía el control de la situación y a él no le gustaba eso. Había sido testigo de cómo muchos de sus amigos se habían portado como tontos por una mujer. Hasta Ronan se había perdido un poco cuando se había enamorado de Laura.

No, Sean prefería saber con exactitud qué pasaba, en vez de dejarse llevar por una marea de sentimientos imposible de controlar.

Aun así...

Una vocecilla en su interior le susurraba que, tal vez, merecía la pena arriesgarse.

Decidido a ignorar sus preocupaciones, se dijo que era mejor limitarse a disfrutar de la compañía.

Georgia miraba a su alrededor en el interior del avión, fijándose en todos los detalles. Eso era otra cosa que le gustaba de ella. Era una mujer curiosa y con juicio crítico.

Sean quería saber qué le parecían sus aviones. Estaba orgulloso de cómo había levantado Irish Air y tenía muchas ideas para expandir la compañía.

—¿Qué te parece? —preguntó él cuando observó que Georgia se relajaba en el asiento.

—¿El avión? Es genial —dijo ella—. Mucho mejor que volar en turista.

—Me alegro de que te guste. Irish Air es una línea de lujo. No hay asientos de turista. Todo el mundo va en primera clase.

—Buena idea, pero no estoy segura de que la gente común pudiera permitirse pagar algo así.

—No es tan caro como crees –replicó Sean. De hecho, él había hecho todo lo posible porque los precios fueran asequibles.

Sean había tenido la idea de equipar un avión pequeño con asientos de lujo. El objetivo había sido darle a la gente que no podía costearse un pasaje en primera clase la oportunidad de disfrutar de su comodidad. El precio era más caro que un billete en clase turista, sí, pero seguía siendo menor que primera clase en un avión normal.

—Es más barato que alquilar un jet –señaló él.

—Sí –dijo ella y descorrió la cortina para echar un vistazo por la ventanilla–. Pero la clase turista es más barata todavía.

—Bueno, obtienes aquello por lo que pagas, ¿no? –replicó él y le dio un trago a su café–. Cuando vuelas con Irish Air, tus vacaciones empiezan desde el momento en que subes al avión. Eres tratado a cuerpo de rey. Llegas a tu destino descansado, en vez de con ojos enrojecidos y desesperado por acostarte.

—Sí, lo entiendo –aseguro ella–. Créeme. Y es una idea genial…

—¿Pero? –inquirió él, frunciendo el ceño.

—Pero… Dices que tu aerolínea es diferente del resto –indicó ella con una sonrisa.

–Sí.

–Sin embargo, por dentro, este es como cualquier otro avión. Un pasillo central y asientos a cada lado.

Sean se quedó embelesado contemplando el brillo de sus ojos, más que sus palabras.

–¿Y de qué otra forma deberíamos hacerlo?

–Bueno, de eso se trata, ¿no? Es tu avión. Quieres que Irish Air sea diferente del resto…

Cuando Georgia deslizó una mano por el reposabrazos de cuero, Sean se imaginó que lo estaba tocando a él y su erección no se hizo esperar. Pero todavía les quedaban seis horas a Nueva York y cinco más a Los Ángeles. Habría tiempo de enseñarle a su acompañante la suite que había en la parte trasera, pensó, con una sonrisa. Entonces, se dio cuenta de que ella fruncía el ceño, pensativa.

–¿En qué estás pensando? Además del hecho de que los asientos están mal colocados…

–En nada.

–Vamos, dímelo –pidió él, observando cómo ella contemplaba el interior del avión con mirada crítica–. Adelante.

–Solo pensaba… –¿Por qué ofreces unos interiores tan aburridos?

–¿Qué? ¿Aburridos? –preguntó él, mirando a su alrededor en la cabina.

Georgia se volvió un poco para mirarlo a la cara.

–Primero está la colocación de los asientos. Este avión solo tiene diez, pero los tienes alineados con el pasillo en el centro.

–¿Y cómo podrían ponerlos si no?

Sonriendo, Georgia se levantó de su asiento, posó los ojos en el otro extremo del avión y, luego, en él.

–De acuerdo. No son solo los asientos. Los colores están mal.

–¿Qué tiene de malo el beis? –inquirió él, sintiéndose un poco molesto, pues había pagado a un diseñador una gran cantidad de dinero.

–Es beis, Sean –repuso ella, negando con la cabeza–. ¿Existe un color más ordinario?

–Según me han informado, el beis es relajante e inspira confianza en los pasajeros.

–¿Quién te ha dicho eso? ¿Un hombre? –preguntó ella, ladeando la cabeza.

–Yo soy un hombre, no lo olvides.

–De eso estoy segura –afirmó ella con una sonrisa traviesa–. Pero no eres diseñador.

–No –reconoció él–. De acuerdo, Georgia, me rindo. Dime qué estás pensando.

–Bien… Primero, la alfombra. Es la típica que tienen las consultas de los dentistas. Créeme, no es relajante.

Sean frunció el ceño, pensativo, mirando la alfombra que había elegido porque era fácil de limpiar y de un color que se ensuciaba poco.

–Debería ser de pelito, de felpa tal vez. Para que los pasajeros sientan cómo se hunden sus pies en ella al entrar –señaló Georgia–. Una sensación de lujo instantáneo que no pasa desapercibida.

–Alfombra gruesa.

–Y que no sea beis –añadió ella con rapidez–. Podría ser azul. Como el color del cielo en verano.

–Ajá.

–Y estos asientos son cómodos, pero… –continuó ella, tocando el respaldo de uno de los asientos–. ¿Por qué beis?

–¿También estarían mejor en azul?

–No, para los asientos, me gusta más cuero gris –respondió ella y lo miró–. Del color de la bruma que sale del océano por la noche. Combinará bien con la alfombra y le dará un toque de distinción. Hará que Irish Air sea distinta del resto. Además… –añadió y se interrumpió de golpe, preguntándose si habría ido demasiado lejos.

–Sigue, ahora ya no pares –la invitó él con los brazos cruzados.

–Bueno, no me gustan los asientos alineados como si fueran soldaditos aburridos. Colócalos en grupo.

–¿En grupo?

–Sí, para que la gente pueda charlar. Como los asientos del tren. Así serán más acogedores. Dos asientos pueden ir mirando hacia delante y dos hacia atrás. Un poco ladeados, para que los pasajeros sentados en el ala derecha no estén directamente en frente de los del ala izquierda. No a todo el mundo le gusta que los extraños escuchen sus conversaciones –indicó ella y, recorriendo el pasillo, prosiguió–: pon los dos últimos aquí, separados de los demás. Conformarán un lugar romántico e íntimo, un poco alejado.

Sean se imaginó el avión como ella lo había descrito. Y pensó que tenía razón. Le daría a Irish Air el toque de distinción que él estaba buscando.

–¡Ah! y odio esas pequeñas y molestas lucecitas sobre la cabeza que tienen los aviones. Cuesta mucho dirigirlas adonde quieres leer –comentó ella, y miró a las paredes–. Podrías poner pequeñas lamparitas de bronce a los lados.

Georgia levantó la mesita que estaba plegada delante de ella y señaló al espacio que quedaba en la pared, justo encima.

–Y aquí, quedaría bien un jarrón con flores frescas, fijo a la pared.

A Sean le gustaba la idea. Y, sobre todo, le atraía la excitación que incendiaba los ojos de Georgia.

–Ah, en vez de persianas estándar de plástico en las ventanas, pon cortinas individuales –aconsejó ella, bajando una de ellas–. La tela podría ser azul, del color del cielo nocturno.

Antes de que Sean pudiera hacer ningún comentario, ella se levantó y se dirigió hacia la zona de la cocina, que pudo explorar con libertad, pues la azafata estaba sentada en la cabina con el piloto y el copiloto.

–El baño está aquí, ¿verdad? –preguntó Georgia al salir, señalando a la puerta que había junto a la pantalla plana de televisión.

–Uno de ellos. El otro está en la parte trasera.

–Bueno, pues si eliminas la televisión grande, ya que vas a poner pantallas individuales en cada asiento, puedes hacer el baño más grande y darle un poco más de espacio a la cocina. Así podrías ampliar el menú y ofrecer más variedad de comidas.

Frunciendo el ceño, Sean miró a su alrededor e imaginó el avión como podía ser con los cambios que Georgia proponía. Y pensó que lo primero que iba a hacer al regresar a Irlanda era empezar a aplicar sus ideas y despedir al diseñador que había sugerido una disposición tan ordinaria.

Estaba claro que ella sabía de lo que estaba hablando. Y lo explicaba de manera que hasta un ciego podría imaginárselo. Desde luego, esa mujer había estado malgastando su talento vendiendo casas.

—Podrías ofrecer cunas a las familias que viajan con niños —continuó ella—. Pueden tener una especie de cinturón de seguridad, para que la madre pueda relajarse mientras duerme el bebé.

Impresionado por tantas buenas ideas, Sean asintió, tomando nota mental de todas ellas.

—Eres muy lista. Y tienes ojo de artista.

Ella sonrió con placer.

—¿Qué hay en la parte trasera, en esa puerta?

—Algo que pensaba enseñarte luego —contestó guiñándole un ojo. Acto seguido, le dio la mano y la condujo hasta la puerta, abrió y la invitó a entrar.

—¿Tus aviones tienen dormitorio? —preguntó ella, sorprendida al ver la cama de matrimonio, con un edredón azul y una docena de almohadas.

—Este avión es mío —repuso él—. Suelo usarlo para volar a todas partes para ir a reuniones y necesito una cama donde descansar.

—¿Los asientos que se tumban no te bastan?

–Bueno, algún privilegio tenía que tener por ser el dueño –señaló él, acercándose y acorralándola contra el colchón hasta que cayó sentada.

–¿También necesitas que te ayude a rediseñar esta habitación? –preguntó ella, quitándose el pelo de la cara–. ¿Tiene cerrojo esa puerta?

–Sí.

–¿Por qué no lo cierras?

–Otra idea excelente –respondió él y obedeció.

Entonces, cuando Sean se volvió para mirarla, quedó cautivado por la luz de sus ojos. Tenían un brillo de inteligencia y un halo embriagador que podían hipnotizar a cualquiera. Al respirar hondo, los pulmones se le llenaron de su olor.

Despacio, Georgia se quitó los zapatos y se tumbó en la cama con los brazos en cruz y una sonrisa invitadora.

Sean tardó pocos segundos en quitarse la ropa y en desnudarla. La tenue luz de la estancia bastaba para poder deleitarse con la visión de todos sus contornos. Cuando la tocó, ella se arqueó y suspiró de felicidad.

De pronto, Sean sintió un nudo en la garganta, por palabras que pujaban por ser dichas, sentimientos que luchaban por ser expresados. Pero se contuvo.

Así que la besó de nuevo, tomándose su tiempo en saborearla y en acariciarla con la lengua, hasta que ninguno de los dos pudo pensar en nada más que en el deseo que los invadía. Borrando todas las dudas y preocupaciones que los habían molestado en los últimos días, se sumergieron en el acto del amor, demostrándose una vez más lo bien que se les daba estar juntos.

Sean tenía razón en una cosa, pensó Georgia más tarde, esa misma noche. Volar con Irish Air era garantía de llegar a su destino fresca y despejada. Por supuesto, una buena dosis de sexo seguido de una siesta también habían ayudado.

Mientras Sean buscaba algo de cena para llevar a casa, ella estaba estudiando su guardarropa, pensando qué meter en la maleta y qué desechar.

–¿A quién voy a engañar? –dijo, hablando sola–. Me voy a llevar toda mi ropa.

Echando un vistazo a las cajas que tenía en el suelo, suspiró. Luego, contempló el piso que había compartido con Laura.

Habían pasado buenos momentos en esa casa, a pesar de que, cuando Georgia se había mudado allí, no había estado en muy buena disposición mental. Con su matrimonio roto, sin un céntimo en la cuenta y el ego hecho pedazos, había necesitado tomarse su tiempo para ir levantando cabeza.

–Y, al fin, ha llegado el momento de construir una nueva vida –dijo ella, en voz alta.

–¿Hablando sola? Eso no es buena señal.

Sean estaba parado en la puerta, con una caja de pizza en la mano, observándola con gesto divertido.

–Tengo que hablar conmigo misma, ya que soy la única que me entiende –se defendió ella.

–Yo te entiendo, Georgia.

–¿Ah, sí? –replicó ella–. Bueno, entonces, dime qué estoy pensando.

–Muy fácil –contestó él–. Estás emocionada y preocupada al mismo tiempo. Te sientes un poco avergonzada porque te he sorprendido haciendo un monólogo en tu habitación y esperas que haya vino en la cocina para beber con la pizza.

–Has acertado –reconoció ella, sin querer demostrarle su sorpresa–. Pero resulta que sé que no tengo una botella de vino en la cocina.

–Ahora, sí –señaló él, rodeándola por los hombros–. Resulta que he traído yo una.

–Me gustan los hombres previsores.

–Entonces, te gustaré mucho por los planes que tengo para después –indicó él, entrando en la cocina.

Georgia se quedó parada en la puerta, siguiéndolo con la mirada mientras él buscaba platos, servilletas y copas de los armarios. Tenía el pelo revuelto y los pantalones vaqueros que llevaba se le ajustaban a la perfección.

Ella trató de calmar sus pensamientos.

Con la boca seca y el corazón acelerado, mientras lo veía servir el vino, que debía ser carísimo, tuvo que reconocer lo que su corazón sabía ya desde hacía días. O, tal vez, semanas.

Había cometido el error más ridículo del mundo.

Se había enamorado de Sean Connolly.

Capítulo Nueve

No era posible, se dijo Georgia.

No debía ni pensarlo. Quizá, fuera solo una consecuencia del *jet lag*. O del hambre. Una vez que comiera algo, seguro que podría poner sus ideas en orden.

–No tienes por qué hacer las cajas tú sola –dijo Sean, ajeno a lo que ella estaba pensando.

–¿Qué?

Él rio.

–¿Sueñas despierta mientras yo preparo la cena?

–No –negó ella. ¿Cómo podía estar tan nerviosa?

Aquello no podía ser amor, se dijo Georgia, esforzándose por convencerse a sí misma. Sin duda, debía de ser solo atracción o, tal vez, algo de afecto.

–¿Qué has dicho?

–Mientras vas a la inmobiliaria mañana para poner la casa a la venta, ¿por qué no llamo a una agencia de mudanzas para que venga a echarte una mano? –se ofreció él, mirando a su alrededor en la cocina–. Puedes decirles lo que quieres llevarte a Irlanda y lo que no. Ellos harán las cajas por ti.

Era tentador. Pero muy caro, pensó Georgia. Aunque, si seguía su consejo, acabaría con la mudanza más rápido y de forma más cómoda. ¿Acaso no merecía la pena gastarse un poco más de dinero para conseguirlo?

Además, así podría regresar a Irlanda antes. Y, en una o dos semanas, romperían su compromiso, caviló, mirándose el anillo de esmeraldas y diamante que llevaba. Pronto, ya no sería suyo. Ni Sean.

Cuando levantó la vista hacia él y vio que Sean la estaba observando, el corazón le dio un brinco en el pecho.

Debía buscar una manera de enfrentarse a la situación y, sobre todo, de protegerse a sí misma, pensó.

No era ninguna tonta. Y sabía que enamorarse no había sido parte del trato. Se suponía que solo iban a compartir una tórrida aventura, sin ataduras. Después, cada uno continuaría con su vida.

Pero iba a ser doloroso, reconoció ella para sus adentros. Cuando él ya no estuviera en su vida ni en su cama, pero sí en su corazón... iba a dolerle.

Sin embargo, al menos, estaría en Irlanda, cerca de su hermana, se dijo para consolarse. Laura y la pequeña Fiona le ayudarían a superarlo. Tal vez, solo necesitaría cinco o diez años para olvidarse de Sean...

–¿Qué te parece? –preguntó él, llevando el vino a la mesa–. Las cajas pueden estar listas dentro de uno o dos días. La mayoría de lo que quieras llevarte, cabrá en el avión. Y, si algo no cabe, podemos organizarlo para que te lo envíen.

–Es buena idea, Sean –afirmó ella, y tomó asiento, porque sentía las rodillas un poco flojas.

Tomando un trago de vino, Georgia trató de concentrarse en la conversación. Era mejor hablar de la mudanza que seguir pensando en lo que sentía por Sean.

–Solo quiero llevarme unas pocas cosas. El resto pensaba donarlo –dijo ella. Su casa de Dunley ya estaba amueblada, por lo que no tenía prisa en comprar cosas nuevas. Así, podría tomarse su tiempo en decidir qué necesitaba. En cuanto a la cocina, no tenía sentido llevarse las sartenes y las ollas, cuando podía reemplazarlas por otras en Irlanda.

En realidad, lo único que Georgia quería conservar de su antigua casa, aparte de su ropa, eran las fotos familiares, los cuadros de Laura y unos pocos objetos personales. ¿Significaba eso que había estado viviendo allí, todos esos años, rodeada de cosas que no significaban nada para ella?

Lo cierto era que sentía un vínculo más fuerte con su nueva casita de Dunley del que había sentido nunca con ese piso.

–Sabes, es un poco triste que no quiera llevarme casi nada conmigo. He estado malgastando mi tiempo aquí, en un sitio que obviamente no significaba mucho para mí.

–¿Por qué va a ser triste? –preguntó él, sentándose delante de ella y abriendo la caja de pizza–. Has sabido reconocer el momento de mudarte. Y has sido valiente. Te vas a mudar a otro país, Georgia. Es lógico que quieras dejar el pasado atrás.

Georgia soltó un suspiro y dejó de compadecerse a sí misma.

–¿Cómo lo haces?

–¿Qué?

–Siempre dices lo más adecuado.

Él rio un poco y le dio un mordisco a su pizza.

–Yo diría que es cuestión de suerte. Además, he empezado a conocerte un poco.

–Es un poco inquietante eso de que puedas leerme la mente con tanta facilidad.

–Yo no he dicho que fuera fácil –señaló él, levantando su copa y brindando con ella.

Eso esperaba Georgia, pues no le gustaría que él pudiera adivinar lo que estaba pensando en ese momento. Lo que sentía por él era demasiado intenso y no era capaz de controlarlo.

¿Qué tenía de raro? Era un hombre encantador, divertido, inteligente y guapo. Era fácil hablar con él y era excelente en la cama. Así que era comprensible que sintiera algo por él.

Eso no quería decir que lo amara. No significaba nada más que que estaba a gusto con él.

No. No podía engañarse a sí misma.

Pero nunca le confiaría a Sean la verdad, se prometió.

Lo que sentía no era afecto. Ni puro deseo. Era amor.

Al fin, pudo comprender que nunca había estado enamorada de verdad de Mike, pues lo que sentía por Sean era mucho más… radiante.

Era, en resumidas cuentas, la clase de amor con el que ella siempre había soñado.

¿Pero cómo podía haber imaginado que lo encontraría con un hombre que no lo quería? En el trato, los sentimientos duraderos no habían estado incluidos. No había lugar para el amor en una farsa.

Por eso, mantendría la boca cerrada, se dijo, y se guardaría para sí misma sus emociones.

Esperaba que él no lo descubriera nunca.

–Bueno, tengo que reconocer que ahora mismo no tengo ni idea de qué estás pensando –dijo él, tras tomar un trago de su vino–. Pero, a juzgar por tu expresión, no te hace muy feliz.

–No pienso nada importante –mintió ella–. Solo estoy preocupada por todo lo que tengo que hacer en tan poco tiempo.

Sean la miró, como si estuviera decidiendo si creerla o no y, al final, por suerte, lo dejó estar.

–¿No has cambiado de opinión al estar aquí? Esta cocina es mucho más moderna y nueva que la de Dunley…

Georgia miró a su alrededor. Había pasado allí mucho tiempo sola en el último año. Era un sitio bonito, sí, pero nunca lo había considerado su hogar. Sin embargo, en Irlanda sí se sentía como en casa.

–No. Me vine a vivir aquí con Laura cuando terminó mi matrimonio, porque era lo que necesitaba en ese momento. Pero esto no es para mí, ¿entiendes?

–Sí –afirmó él, apoyando los codos sobre la mesa–. Cuando uno encuentra su lugar, lo nota.

–Eso es. ¿Y tú? ¿Alguna vez has querido vivir en otra parte?

–¿Y dejar Dunley? –preguntó él, sonriendo, y negó con la cabeza–. Fui a la universidad en Dublín y me gustó la ciudad. También he estado por toda Europa y he ido a Nueva York varias veces, pero ninguno de esos sitios ruidosos y grandes me atrapa como Dunley. Allí me siento como en casa. No tengo la necesidad de demostrarme nada a mí mismo ni a nadie.

–¿Siempre has tenido las cosas tan claras? –quiso saber ella. Sean parecía siempre tan seguro de sí mismo que le daba un poco de envidia.

–Solo los tontos no dudan nunca –repuso él, riendo–. Claro que a veces me cuestiono las cosas. Pero confío en que soy capaz de encontrar las respuestas adecuadas.

–Yo también solía hacerlo –confesó ella, y se metió un pedazo de pizza en la boca–. Aunque, después de que Mike me dejara por otra persona sin que yo me lo esperara, perdí la fe en mis propias respuestas –recordó con un suspiro.

–Eso ha cambiado ahora –opinó él, mirándola con intensidad–. Has reconstruido tu vida. Y lo has hecho a tu manera. Por eso, yo creo que sí tenías las respuestas correctas, aunque no estabas preparada para escucharlas.

–Quizá –admitió ella–. ¿Y tú por qué no te has casado?

Sean se atragantó con el vino.

–¿A cuento de qué viene eso?

–Estábamos hablando de mi ex, ahora quiero que me cuentes tú. Después de todo, soy tu prometida. Debería saber esas cosas de ti.

–Supongo que sí –reconoció él, encogiéndose de hombros–. La verdad es que estuve a punto de casarme una vez.

–¿Ah, sí? –preguntó ella, sin poder contener una amarga sensación de celos.

–No duró mucho –continuó él y le dio un trago a su vino–. Noreen estaba más interesada en mi cuenta bancaria que en mí y, al final, decidió que se merecía un marido que la dedicara más tiempo. Yo me pasaba todo el día trabajando.

–Noreen –repitió ella, grabándose su nombre en la mente.

–La dejé que me convenciera para casarnos –prosiguió él, ajeno a lo que Georgia estaba pensando–. Yo pensé que, tal vez, era hora de sentar la cabeza y Noreen estaba allí…

–¿Cómo que estaba allí? –inquirió Georgia. Lo mismo había pasado con ella. Había estado a mano justo cuando él había necesitado a alguien que hiciera el papel de su prometida.

–Sí. Sé que suena mal, pero en aquellos tiempos, me pareció más fácil dejarme llevar por ella. Yo estaba sumergido en mi compañía y no me molesté en detener los planes de boda de Noreen.

–¿Entonces te habrías casado con ella? –preguntó Georgia, sin dar crédito–. ¿Lo habrías hecho solo porque era más fácil que negarte, aunque no la amaras?

Sean cambió de postura en la silla, incómodo, y frunció el ceño.

–No. No me habría casado con ella al final. Sabía que no habría funcionado. Lo que pasa es que estaba...

–¿Ocupado?

–Sí –afirmó él–. En cualquier caso, lo importante es que todo salió bien. Noreen me dejó y se casó con un director de banco. Y yo te encontré a ti.

Sí, la había encontrado a ella. Otra prometida temporal a la que no pensaba llevar al altar. Era mejor no olvidarlo, se dijo Georgia.

Sean levantó su copa en señal de brindis, sonriendo.

Georgia trató de contener sus sentimientos. Lo amaba, sí, pero no podía admitirlo delante de él. Lo único que podía hacer era mantener una relación cordial, sexual, divertida. Y, cuando terminara, ella se iría con la cabeza alta, sin confesar nunca lo que sentía en realidad, pensó, chocando su copa con la de él.

Sin embargo, no iba a ser tan fácil reemprender su vida lejos de Sean Connolly.

Georgia se alegró de que hubieran asistido a la boda. Mereció la pena, solo por ver la mirada de Misty al verlos entrar. Pero había algo más. Quizá, aquel era un último paso necesario para superar el pasado y no volver la vista atrás.

Y bailar con su exmarido, el novio, formaba parte de ello. Lo más interesante fue que no sintió nada entre los brazos de Mike. Ni un cosquilleo, ni nostalgia por los viejos tiempos. Nada.

Al mirarlo de cerca, se dio cuenta de que sus ojos azules habían perdido brillo. También se estaba quedando calvo. Había engordado y el aliento le olía a whisky.

En el pasado, había creído amarlo. Y se había casado pensando que iban a estar juntos para siempre. Sin embargo, pocos años después del divorcio, no sentía nada en su presencia.

¿Le pasaría lo mismo con Sean algún día? ¿Se desvanecerían sus sentimientos como las hojas de un árbol en otoño?

—Estás muy guapa —dijo Mike, apretándola de la cintura.

Georgia era consciente de ello. Se había ido de compras para la ocasión y había elegido un vestido rojo con escote en uve, ajustado en la cintura y con una falda vaporosa que le llegaba a las rodillas.

—Gracias —repuso ella y miró hacia Sean, que estaba sentado solo en una de las mesas—. Misty es una novia muy bonita —añadió, queriendo ser cortés.

—Sí —dijo Mike, pero no estaba mirando a su nueva esposa, sino a Georgia. La apretó todavía más contra su cuerpo y, cuando ella intentó apartarse un poco, no se lo permitió.

—Te has prometido, ¿eh?

—Sí —respondió ella, mostrándole su anillo de compromiso—. Después de la boda, nos iremos a Irlanda.

–No puedo creer que vayas a vivir en el extranjero. No recordaba que fueras tan aventurera. Solo te preocupaba arreglar la casa, hacer la cena, limpiar el patio y esas cosas…

–¿Perdona?

–Vamos, Georgia, admítelo. Nunca querías probar nada nuevo. Solo querías tener hijos y… –afirmó Mike y se interrumpió un momento–. Ahora pareces mucho más interesante.

Georgia sintió que le subía la presión sanguínea. ¿Estaba diciendo que había sido aburrido estar con ella? ¿Hablar de tener hijos con su marido era algo aburrido?

–¿Por eso te fuiste con Misty? –preguntó ella con tono agudo–. ¿Es que quieres decirme que yo tuve la culpa de que me engañaras?

–Vaya, ya te has puesto a la defensiva –señaló él y bajó la mano al trasero para darle un pellizco.

Hacían un buen equipo.

Sean llevaba varios días pensándolo. La había ayudado a hacer las cajas, a preparar la venta de la casa, a donar cosas a una asociación benéfica y a poner punto final a su antigua vida. Y se habían organizado bien juntos.

Le sorprendía lo fácil que le resultaba estar con ella.

Era una mujer inteligente y sensual. Una combinación perfecta, pensó Sean, reflexionando sobre qué podía hacer para no perderla.

–Y no pienso perder lo que he encontrado –murmuró él, hablando solo.

La mejor manera que se le ocurría era convertir en realidad la farsa de su compromiso. Igual podía convencerla de que se casara con él… no por amor, por supuesto, pues eso era algo demasiado farragoso, sino porque se llevaban muy bien.

Lo difícil sería convencer a Georgia de que aceptara.

Pero tenía tiempo para lograrlo.

Al verla allí, en la boda de su exmarido, le admiraba comprobar su valor para enfrentarse a los que le habían hecho daño y su estilo a la hora de demostrarle a todos que había dejado el pasado atrás.

La novia no había esperado ver a Georgia. Había estado claro por su mirada perpleja cuando los había visto entrar.

Sean frunció el ceño al ver cómo el ex de Georgia la sujetaba al bailar. Pero no podía culparlo por arrepentirse de haberla perdido.

Georgia era como una botella de buen vino, mientras Misty parecía una lata de refresco barato.

La fiesta era en un club de golf bastante descuidado. El papel de las paredes comenzaba a caerse de las esquinas. Los globos inflados de helio apenas se mantenían en el aire e iban cayendo poco a poco. Incluso las flores que había en jarrones en las mesas estaban perdiendo los pétalos.

Los invitados bailaban o terminaban con lo que había quedado del bufé. Él estaba sentado, contemplando cómo Georgia bailaba una canción lenta con su exmarido... y conteniéndose para no ir hasta allá y arrancarla de sus brazos. No le gustaba ver cómo la sujetaba, ni cómo le susurraba cosas al oído.

Entonces, cuando el novio la apretó un poco más contra su cuerpo, Sean frunció el ceño y apretó la botella de cerveza entre las manos.

Respirando hondo, intentó controlarse, hasta que vio que el novio bajaba las manos hasta el trasero de su pareja de baile.

En ese momento, la furia le nubló la visión y, cuando Georgia intentó liberarse sin éxito, Sean no pudo seguir conteniéndose.

Cuando Sean estaba a mitad de camino hacia la pista, Georgia le clavó el tacón de aguja al novio en el pie. Y, mientras Mike aullaba de dolor y Misty corría a su rescate, él recogió a Georgia.

Los ojos de ella brillaban de rabia, tenía las mejillas sonrojadas y estaba hermosísima. Se había defendido sola, sin darle pie a Sean a hacer nada para expresar su furia.

Aquella mujer estaba hecha para él, pensó Sean.

–¿Nos vamos? –preguntó él.

–Ahora mismo –respondió ella y se dirigió a la mesa a por su bolso y su chal.

Antes de irse, Sean quería dejarle claras unas cuantas cosas a ese tipo. Misty estaba aferrada a su marido cuando él se acercó.

–No pegaré a un hombre el día de su boda, has tenido suerte –le espetó Sean al novio, mirándolo con odio.

–¿Qué…?

–Pero te advierto que no vuelvas a intentar nada con Georgia, porque de lo contrario iré a por ti.

Misty se quedó boquiabierta. Mike se sonrojó y asintió con cobardía.

Entonces, Sean los dejó allí plantados, pensando que se merecían el uno al otro.

–¿Qué les has dicho? –quiso saber Georgia, cuando él la tomó de la cintura, para guiarla a la salida.

–Le he dado las gracias por la fiesta y le he deseado que tuviera roto el pie –contestó él, sonriendo para tratar de ocultar su rabia.

–Me gusta tu estilo, Sean –comentó ella, apoyando la cabeza en su hombro.

Él la besó en la cabeza.

–Y a mí el tuyo.

En un momento, estaban en su limusina, en dirección al aeropuerto. Sean no veía el momento de llevarse a su mujer a Irlanda.

Capítulo Diez

Pocos días después, Sean estaba en el despacho de Ronan en Galway, esperando que su primo lo apoyara. Al parecer, había acudido a la persona equivocada.

–Estás loco –dijo Ronan.

Sean comenzó a dar vueltas por el despacho, tan inquieto y frustrado que no podía estarse quieto.

Se detuvo un momento ante la ventana que daba al océano, cubierto de negros nubarrones.

Había ido a Galway a ver a su primo para poder hablar con él sin sufrir interrupciones por parte de las muchas mujeres que había en sus vidas en ese momento.

Sabía que había algo importante entre ellos. Y se había trazado un plan para solucionar sus problemas. Pero necesitaba hablarlo con Ronan. Aunque, por el momento, su primo no parecía dispuesto a ayudarlo.

–¿Es que crees que estoy loco por ir detrás de lo que quiero? –preguntó Sean.

–Sí. No puedes pedirle a Georgia que se case contigo como si fuera un acuerdo de negocios.

–¿Por qué no? Tú hiciste lo mismo con Laura y no os ha ido mal.

—Eres un idiota —le insultó Ronan, pasándose una mano por la cara—. Yo estuve a punto de perder a Laura a causa de mi estupidez. Ella me rechazó, ¿no lo recuerdas? Tuve que perseguirla hasta al aeropuerto cuando iba a dejarme.

Sean no le dio importancia a ese pequeño detalle. El caso era que la relación de su primo con Laura había salido bien. Era normal que hubiera algunos baches en el camino. Pero los superaría y, al final, Georgia aceptaría su propuesta. Era una mujer razonable y su sentido común la convencería de que era lo mejor que se casaran.

Lo había pensado tanto que le parecía que su plan no tenía ningún fallo. Era la mejor salida. Su madre estaba cada día mejor y pronto tendría que poner punto y final a su falso compromiso. Pero resultaba que él no quería separarse de Georgia. Quería tenerla a su lado más que nunca.

—Georgia se ha comprado una casa en el pueblo —indicó Sean—. Va a abrir un nuevo negocio. No se irá a California para escapar de mí.

—Eso no significa que vaya a recibirte con los brazos abiertos —puntualizó Ronan y lanzó un suspiro de frustración—. Ya estuvo casada en una ocasión con un hombre que no supo valorarla. ¿Por qué iba a repetirlo?

Sean se acercó de dos largas zancadas a su primo, furioso.

—No me compares con ese tipejo que la traicionó. Yo no engaño a mi mujer.

—No, pero tampoco la amas —replicó Ronan, poniéndose en pie sin amedrentarse–. Además, es la hermana de mi mujer y haré lo que sea para defenderla. Se merece un hombre que la ame y, si ese no eres tú, no dejaré que te la lleves.

Sean se quedó callado al escuchar sus palabras. Él nunca había amado a ninguna mujer. Lo que compartían era lo bastante bueno. Afecto, cariño, pasión… ¿No era suficiente?

Al menos, era suficiente para que él no quisiera dejarla escapar.

Él sería el único en tocar a Georgia Page, se aseguró a sí mismo, incapaz de aceptar ninguna otra opción.

–Yo no voy a hablarle de amor, sino de construir una vida juntos.

–Sin lo primero, lo segundo no sirve de nada –observó Ronan, meneando la cabeza.

–Sin lo primero, lo segundo es mucho menos complicado –repuso Sean, pensando que el amor no siempre era la respuesta. Era algo efímero y de poco fiar. Además, si le ofrecía amor a Georgia, ¿por qué iba ella a creerlo? El tipejo de su exmarido ya se lo había ofrecido y la había defraudado.

No. Él podía ofrecerle a Georgia lo que ella quería: un hogar, una familia, un hombre que estuviera a su lado y nunca la lastimara. ¿No era bastante?

–Eres un idiota si de veras crees eso que dices.

–Muchas gracias –murmuró Sean–. No estás dándote cuenta de lo esencial. Si no hay amor entre nosotros, así no podré lastimarla. Estará a salvo conmigo.

—Estás decidido a seguir adelante, ¿verdad? –preguntó Ronan, tras observarlo frunciendo el ceño.

—Sí. Lo he pensado bien –aseguró Sean. Lo cierto era que era lo único que había ocupado sus pensamientos desde que había vuelto de Estados Unidos con Georgia–. Sé que no me equivoco, Ronan.

—Bueno, pues te deseo suerte, porque vas a necesitarla. Y, cuando Georgia te tire algo a la cabeza, no vengas buscando mi consuelo.

Una sombra de duda planeó sobre la cabeza de Sean, pero no quiso prestarle atención. Prefirió centrarse en su plan y en cómo iba a proponérselo a Georgia.

Las tormentas duraron una semana.

Los nubarrones asolaron el pueblo, traídos por el frío viento del mar. El mal tiempo hizo que todo el mundo se encerrara en su casa y Georgia no fue una excepción. Pasó el tiempo colgando fotos y cuadros y sacando algunas cosas que se había llevado de California, haciendo que su casa resultara cada día más acogedora.

Aunque echaba de menos a Sean. Llevaba días sin verlo y solo había hablado con él un par de veces por teléfono. Laura le había contado que Ronan y su primo habían estado ayudando a los lugareños y a los granjeros que habían sufrido daños por las tormentas.

Georgia admiraba que fuera tan buen vecino, pero lo echaba de menos. Por otra parte, sin embargo, se había convencido de que, tal vez, era mejor no verlo. Pronto, tendría que acostumbrarse a su ausencia, así que por qué no empezar cuanto antes.

Pero le resultaba mucho más difícil de lo que había esperado.

Toda la culpa la tenía Sean. Si él no hubiera sido tan guapo, amable y encantador... Si no hubiera sido tan buen amante y tan divertido, ella nunca se habría enamorado.

Sin embargo, no había nada que pudiera hacer. El destino le había asestado un golpe y lo único que le quedaba era esperar a que pasara el dolor. Estaba furiosa consigo misma por haberse enamorado, sabiendo que no debía.

Solo podía esperar a que el amor que sentía se desvaneciera poco a poco. Había sido un error aceptar la propuesta de Sean, aunque, si no lo hubiera hecho, se habría perdido demasiadas cosas...

Por eso, tampoco podía desear no haberlo conocido, por mucho que acabara sufriendo al final.

Cuando, al fin, salió el sol, la gente comenzó a salir de sus casas. Y Georgia hizo lo mismo. Estaba ansiosa por escapar de sus propios pensamientos y por estar en compañía de otras personas. Las calles estaban llenas de madres con niños. La cafetería se llenó de golpe de amigos que intercambiaban sus historias de cómo habían sobrevivido a la tormenta. Los tenderos limpiaban las fachadas de las huellas del agua.

En el exterior de su estudio de diseño, Georgia

también limpió el escaparate y, una vez que quedó decente, entró para prepararse un poco de café.

La campanilla que tenía sobre la puerta sonó con alegría y, cuando Georgia corrió para ver quién era, se paró en seco al ver allí a Sean. En un instante, su cuerpo se llenó de calor, excitación y ternura, dejándola casi sin aliento. Le parecía que habían pasado años desde la última vez que lo había visto, aunque solo hubieran sido unos pocos días.

Sean parecía cansado y preocupado. Llevaba unos vaqueros gastados, un grueso jersey de lana y botas de trabajo. Y estaba guapísimo.

–¿Cómo estás? –preguntó ella.

Él se frotó el rostro, parpadeó y esbozó una media sonrisa antes de responder.

–Cansado, pero bien.

–Laura me ha contado que Ronan y tú habéis estado ayudando a la gente de por aquí. He pasado un poco de miedo estos días –reconoció ella, recordando cómo el viento había aullado con fiereza y la lluvia se había colado en su chimenea, apagándole el fuego en una ocasión.

–Siento no haber podido estar contigo durante la primera tormenta que vives en Dunley.

–No pasa nada, Sean. Aunque he pensado en comprarme un perro para que me haga compañía –indicó ella con una sonrisa–. Además, sé que Ronan y tú no habéis tenido tiempo para nada.

–Así es –reconoció él y suspiró, metiéndose las manos en los bolsillos.

¿Cómo era posible que un hombre estuviera tan

sexy con vaqueros y botas de trabajo?, se preguntó ella.

—El tejado de Maeve Carroll cedió y se le cayó encima.

—Oh, no. ¿Está bien?

—Está bien —contestó él, mirando a su alrededor y fijándose en los cambios que ella había hecho—. Más furiosa que el diablo con una botella de agua bendita, pero está bien.

Georgia sonrió al imaginarse lo enfadada que debía de estar Maeve.

—Supongo que Ronan y tú la convencisteis para que os dejara arreglárselo.

—No le quedó elección, pues tenía un agujero en el tejado y la casa estaba casi inundada —explicó él, meneando la cabeza—. Aunque tardó en aceptar. Se quedará con Ronan y Laura hasta que su casa vuelva a estar habitable.

Georgia se cruzó de brazos para contener su impulso de ir a abrazarlo.

¿Quién no iba a enamorarse como una tonta de un hombre como ese? Sin embargo, trató de contener sus sentimientos. Si no tenía cuidado, terminaría haciendo algo estúpido y acabaría dejándose en evidencia delante de Sean.

Y no podía permitir que eso ocurriera. De ninguna manera podría vivir en Dunley mientras Sean sentía lástima de ella.

—Bueno, mi casa es muy sólida, así que no he corrido peligro, gracias al dueño anterior.

—Sí —dijo él con suavidad.

Una oleada de calidez recorrió a Georgia ante la musicalidad de su voz y el calor de su mirada. Sean era la tentación hecha hombre. ¿Cómo iba a poder vivir en el mismo pueblo durante años, sin estar con él?, se preguntó.

–Has estado trabajando mucho. El estudio tiene buen aspecto –comentó él, mirando a su alrededor–. Y tú, también.

Tratando de no dejarse engatusar por el cumplido, Georgia posó la vista en las paredes pintadas de dorado y en los cuadros que Laura había colgado esa mañana.

–Gracias. Los muebles que encargué en la tienda de Galway llegarán a finales de semana.

Georgia estaba emocionada por el futuro, aunque lamentaba que Sean no pudiera formar parte de él. Tras respirar hondo para tomar fuerzas, volvió a mirarlo a los ojos. Entonces, al encontrarse con su mirada, supo que ese hombre siempre tendría un pedazo de su corazón, quisiera él o no, reconoció para sus adentros.

–Creo que ya casi está lista. Estoy deseando abrir cuanto antes –comentó ella, forzándose a sonreír.

–Eres una mujer estupenda –dijo él, mirándola a los ojos.

–Gracias –contestó ella, llenándose de calidez–. Y, de paso, quería darte las gracias por lo mucho que me has ayudado con el papeleo.

–Teníamos un trato, ¿no?

–Sí –repuso ella, mordiéndose el labio–. Así es.

–He hablado con Tim Shannon esta mañana.

Me ha dicho que tu permiso de negocio llegará a finales de esta semana.

Georgia se llevó las manos al abdomen para calmar los nervios.

–No sabía que estuvieras nerviosa –dijo él, sonriendo.

–Bueno, un poco. Esto es importante para mí. Quiero hacerlo bien.

–Y lo harás –afirmó él–. Para demostrártelo, quiero contratarte.

–¿Qué?

–¿Recuerdas todas las ideas brillantes que me ofreciste para mejorar el interior de mis aviones?

–Sí…

Sean se acercó un poco más y le posó las manos en los hombros.

–Quiero que rediseñes el interior de los aviones de Irish Air. No solo la flota que tenemos en este momento –continuó él–. Quiero que vengas a las reuniones con la empresa constructora que nos está haciendo naves nuevas. Así podremos aprovechar tus ideas desde el principio.

–¿Rediseñar tu…? –balbuceó ella. Era una idea emocionante.

Y grande. Tener a Irish Air como cliente le daría mucho renombre y credibilidad. Sería mucho trabajo también, se advirtió a sí misma, poniéndose todavía más nerviosa.

–Te va a salir humo de la cabeza de tanto pensar –observó él, sonriendo–. Bueno, pues añade esto a tus pensamientos. Tendrás pista libre para hacer todos los cambios que consideres oportunos. Trabajaremos juntos, Georgia, y juntos convertiremos Irish Air en una compañía legendaria.

Juntos. A Georgia le gustaba cómo sonaba eso. Aunque sabía que pasar más tiempo con Sean solo serviría para que su separación fuera más dolorosa.

–No sé qué decir –reconoció ella, meneando la cabeza.

–Di que aceptas. Seré tu primer cliente, pero no el último –repuso él con entusiasmo, mirándola a los ojos con alegría y… con algo más.

–Con Irish Air en tu currículum, apuesto lo que quieras a que las demás compañías harán cola para contratar tus servicios.

–Es genial, Sean, de verdad. No lo lamentarás.

–No me cabe ninguna duda –contestó él y le apartó un mechón de pelo de la cara.

Al sentir su contacto, Georgia se estremeció, pero trató de ocultar lo profundo de sus sentimientos.

–Hay algo más de lo que quiero hablarte.

Entonces, Georgia adivinó lo que iba a decirle. Debió de haber sabido que habría una razón detrás de su generosa oferta. Sean había ido allí para comunicarle que su compromiso había terminado. Fin del trato. Era obvio que le había ofrecido ese trabajo para limar las asperezas de la ruptura.

–Déjame que te ayude –dijo ella, apartándose de sus manos–. Laura me ha dicho que Ailish ya está casi recuperada y yo me alegro.

–Gracias. Sí, está mejor. El médico dice que puede volver a hacer vida normal.

–¿Volverá a Dublín?

–No –contestó Sean–. Mi madre ha decidido que quiere quedarse en Dunley. Le he ofrecido el ala izquierda de la mansión familiar, pero dice que no está interesada en vivir con su hijo. Así que se va a mudar a la casa del guarda.

–Así estará cerca de ti. Me alegro –contestó ella–. Tu madre me cae muy bien.

–Lo sé. Pero, ahora que se ha recuperado, tenemos que hablar de nuestro trato.

–No tienes que decir nada. Ailish está bien, así que esta charada ha llegado a su fin.

Cuando Georgia iba a quitarse el anillo del dedo, Sean la detuvo. Ella lo miró.

–No quiero que termine –le espetó él.

Georgia tragó saliva.

–¿Qué?

–Quiero que nos casemos.

–¿Sí? –preguntó ella, llena de amor. En un instante, le pareció que todo encajaba y creyó adivinar un futuro de felicidad para ambos, juntos. Con niños, un nuevo hogar repleto de amor…

Entonces, Sean continuó hablando.

–Tiene sentido –prosiguió él con una sonrisa cautivadora–. Todos en el pueblo lo esperan. Mi madre ya lo tiene medio planeado. Se nos da bien trabajar juntos y hacemos un buen equipo, nos entendemos bien en la cama. Creo que deberíamos continuar con nuestro compromiso y casarnos. Nadie tiene por qué saber nunca que no nos casamos por amor.

Capítulo Once

Al fin se había atrevido a proponérselo, se dijo Sean. Al mirarla a los ojos, vio que se le iluminaban y, al instante, se le apagaban.

—No tiene sentido romper. Está claro que nos llevamos muy bien —se apresuró a añadir él, tratando de devolver la luz a su mirada. Sin embargo, los ojos de ella se habían llenado de frialdad de golpe—. Eres una mujer lista, Georgia, te admiro.

—Bueno, pues tienes suerte de que también sea una persona tranquila.

—¿Te he ofendido de alguna manera? —preguntó él, frunciendo el ceño.

—¿Por qué iba a sentirme insultada por eso?

—No tengo ni idea. Me doy cuenta de que te he pillado por sorpresa. Pero, si te tomas un momento para pesarlo, estarás de acuerdo en que es la mejor solución, Georgia.

—Eso has decidido tú, ¿verdad? —replicó ella, lanzándole puñales con la mirada.

La cosa no estaba saliendo como había planeado, reconoció Sean. Sin embargo, no le quedaba otra opción que poner todas las cartas sobre la mesa.

—Sí. He estado pensando mucho en nosotros desde que volvimos de California.

–¿No me digas?

–Lo que quiero decir es que nos llevamos bien y no hay razón para que nos separemos. Todo el pueblo espera que nos casemos. Si rompemos ahora, los cotilleos y los rumores durarán años.

–No fue eso lo que dijiste al principio –le recordó ella–. Dijiste que todos pensarían que había recuperado la cordura –añadió con tono burlón.

–Ahora es distinto.

–¿Por qué es distinto?

Sean se frotó la mandíbula, sin saber qué responder.

–Te has convertido en parte de Dunley, igual que yo. Se preguntarán qué pasó entre nosotros.

–Pues que lo hagan, ¿no te parece?

–Está claro que he dicho algo que te ha molestado. No tengo ni idea de qué he dicho para ofenderte. Eres una mujer maravillosa, Georgia, con una mente clara y despierta –señaló él, decidido a hacerla comprender–. Eres capaz de analizar una situación de forma racional. Por eso, sé que estarás de acuerdo conmigo. Ronan insistía en que no, pero él no te conoce como yo…

–¿Ronan? –preguntó ella, mirándolo con el rabillo del ojo–. ¿Has hablado de esto con Ronan?

–¿Por qué no iba a hacerlo? –replicó él, poniéndose tenso–. Es como un hermano para mí y quería hablarlo con alguien antes de proponértelo.

–Pues ya lo has hecho.

–Sí –dijo él, preocupado. Había creído que ella sonreiría y le diría que era una buena idea. En vez de eso, la distancia entre ellos no hacía más que crecer.

Cuando Georgia se miró el anillo de compromiso, él se animó, pensando que estaba reconsiderando su propuesta. Sin embargo, le habría gustado encontrar en ella un poco más de entusiasmo.

–Si te tomas un momento para pensarlo, sé que aceptarás. No eres una mujer que se deje llevar por las emociones.

–Oh, claro que no –susurró ella, tocándose el anillo–. Soy fría y racional. No tengo emociones. Soy como un robot. Si quieres, puedo acudir a tu llamada cuando me silbes, como si fuera un perro.

Sean se rascó la nuca. Quizá no debería haber ido a verla esa mañana. Igual debería haber esperado y haber dormido un poco antes. En ese momento, se sentía bloqueado e incapaz de pensar. No entendía qué había hecho mal, pero sabía que había metido la pata hasta el fondo.

Lo único que se le ocurrió fue seguir hablando, rezando por dar con las palabras que le permitieran salir de ese atolladero.

–No entiendes nada, Georgia. Creo que no me he explicado bien.

–Nada de eso –repuso ella con una risa burlona–. Te has explicado alto y claro.

–No puede ser, si no, no estarías ahí lanzándome puñales con la mirada.

–¿De veras? –preguntó ella, ladeando la cabeza–. ¿Cómo debería reaccionar entonces a una oferta tan generosa?

Sean se enfureció. Le estaba ofreciendo matrimonio, no encerrarla en una mazmorra. Por cómo estaba reaccionando, parecía que, en vez de querer hacerla su esposa, le estuviera pidiendo que volviera a nado a Estados Unidos.

–Un beso no estaría mal, ya que lo preguntas. No le pido a una mujer que se case conmigo todos los días, ¿sabes?

–Y con tanta generosidad, además –señaló ella con cinismo, tocándose el anillo de diamante y esmeraldas–. Quizá debería disculparme.

–No hace falta –contestó él, tranquilizándose un poco–. Mi propuesta te ha sorprendido, eso es todo.

–Podríamos decirlo así –dijo ella, apartándose más–. Y, cuando se lo pediste a Noreen, ¿fuiste igual de romántico?

–¿Romántico? ¿Qué tiene esto de romántico?

–Es obvio que nada.

–Y yo no se lo pedí a Noreen –aclaró él, acalorado–. Pasó... sin más.

–Pobrecito –indicó ella con sarcasmo–. Se aprovechó de ti.

–Yo no diría eso... –repuso él y suspiró–. No tengo ni idea de qué decir. Me siento acorralado.

–¿No estoy siendo lo bastante racional para ti?

–No –admitió él–. Te estás comportando de una forma muy rara, Georgia, si no te importa que te lo diga –añadió y trató de tomarle de la mano de nuevo, sin conseguirlo–. ¿Qué te pasa?

–Oh, deja que te haga una lista –murmuró ella,

alejándose unos pasos más–. Quieres que me case contigo porque tu madre ya ha hecho planes y porque, si no, la gente del pueblo se sentiría decepcionada.

–En parte, sí –dijo él, sintiendo que perdía el control de la situación.

–Sí, claro. Luego está lo bien que nos llevamos.

–Eso es.

–Somos un buen equipo, ¿verdad? –prosiguió ella con ojos brillantes de rabia–. Y no olvidemos lo bien que se nos da tener sexo juntos.

–Es algo a tener en cuenta. Pensé que estarías de acuerdo con que nos casáramos –señaló él, tenso.

–Claro, ¿cómo ibas a querer perder el tiempo con una mujer racional y lógica que fuera un asco en la cama?

–Es una forma muy fea de decirlo.

Georgia levantó una mano para impedir que siguiera hablando. Conmocionado, Sean obedeció y cerró la boca.

–Para que nos entendamos. Lo que no quieres es que el amor tenga nada que ver con esto.

–¿Quién ha hablado de amor?

–Es lo que estaba diciendo.

–Nada de esto tiene sentido, Georgia –observó él, tratando de mantener la calma.

–¿Ah, no? Lo siento por ti –le espetó ella con frialdad.

Sin embargo, Sean no tenía intención de rendirse.

–Lo estás tomando por el lado equivocado, Georgia. Yo sé que te importo y tú a mí...

–¿Me importas? –dijo ella con tono agudo–. No me importas, imbécil, te amo.

Sean se quedó sin palabras por primera vez en su vida.

–¡Ja! –exclamó ella, señalándolo con el dedo índice como si fuera una espada–. Ya veo que no habías contado con eso en tus planes. ¿Por qué iba a enamorarse la lógica y racional Georgia?

¿Ella lo amaba?, se preguntó Sean, acalorado.

–Bueno, no puedo explicártelo. Sé que no es nada razonable –murmuró ella, dejando caer las manos a los lados–. Me siento como una estúpida.

–No eres estúpida –repuso él, acercándose de nuevo. ¿Ella lo amaba? Era perfecto–. Entonces, más razón que nunca para que te cases conmigo. Si me amas, Georgia, ¿con quién ibas a casarte si no es conmigo?

–Con nadie –dijo ella, apartándose.

–Eso no tiene sentido.

–Eso es porque no estás prestando atención. ¿Crees que voy a querer casarme con un hombre que no me ama? ¿De nuevo? No, gracias. Ya lo hice una vez y no tengo ningún interés en repetirlo.

–Yo no me parezco en nada a ese tipejo con el que te casaste y lo sabes muy bien –se defendió él.

–Quizá, no, pero lo que me ofreces es un matrimonio falso.

–Sería real.

–Sería legal. No real.

–¿Cuál es la maldita diferencia?

–Si tú no sabes cuál es la diferencia, no hay manera de explicártelo –protestó ella y respiró hondo antes de continuar–. He venido a Irlanda a construirme una nueva vida. Y, solo porque haya cometido el error de enamorarme de ti, no significa que quiera tirarlo todo por la borda.

–¿Quién te está pidiendo que hagas eso? –inquirió él. Si ella le quería como decía, ¿cómo era posible que no se diera cuenta de que era mejor que estuvieran juntos?, se dijo.

–Hemos terminado, Sean. Se acabó el compromiso. No habrá boda. Ni nada –aseguró ella, y le agarró del brazo para tirar de él hacia fuera.

El sol bañaba la calle y, al mirar fuera, Sean vio que unas cuantas personas se habían reunido ante la puerta, atraídos por sus gritos. No había nada que atrajera más a un buen irlandés que una pelea, ya fuera como participante o como testigo.

–Ahora vete de aquí.

–¿Me estás echando? –le retó él, quedándose clavado en el sitio.

–Me parece lo más razonable –replicó ella, roja de furia.

–Ahora mismo, no estás siendo nada razonable.

–¡Gracias! No me siento razonable. De hecho, puede que nunca vuelva a serlo –le espetó ella y le apuntó con el dedo índice en el pecho–. De hecho, me siento genial. Es liberador poder decir lo que una piensa y siente. Siempre he hecho lo correcto, lo razonable. Pero se acabó. Y, si no quieres que trabaje para ti en Irish Air, no me importa –añadió, quitándose el pelo de la cara–. He oído que Jefferson King vive por aquí cerca. Iré a verle para pedirle trabajo, si es necesario.

—¿Jefferson King? —repitió él. El millonario americano vivía en una granja cerca de Craic y, solo de pensar que Georgia trabajara con otro hombre, aunque fuera un hombre casado y con hijos como King, le hacía sentir un nudo en el estómago. Georgia debía estar allí. Con él—. No tienes por qué hacerlo. Mantendré mi palabra. Te he contratado y espero que hagas tu trabajo.

Georgia le lanzó una mirada sorprendida, que no duró más de un instante.

—Bien. Pues estamos de acuerdo. Será un trato de negocios, nada de placer.

Fuera del local, los murmullos iban subiendo de tono entre la multitud. Todo Dunley estaría allí reunido muy pronto, pensó Sean, apretando los dientes. Y él no pensaba darles más carnaza que morder. Si ella no se atenía a razones, volvería otro día, cuando estuviera más tranquila.

—Tienes la cabeza muy dura, Georgia Page —le susurró él.

—Y tú el corazón, Sean Connolly —respondió ella, furiosa.

Alguien entre los espectadores soltó un grito sofocado y otra persona rio.

—¿Es así como le hablas al hombre que te ha pedido que te cases con él?

—Un hombre que no me ofrece nada de sí mismo. No me ofreces tu corazón. No creo que supieras cómo hacerlo.

Sus palabras dieron en el blanco y tuvo que reconocer, para sus adentros, que ella tenía razón. Nunca en su vida se había arriesgado a amar a una mujer.

–Bueno, no creo que eso hubiera sido parte del trato en ningún momento. No hablamos nada de mezclar el corazón, ¿o sí?

–No, pero a veces el corazón de la gente se interpone en el camino.

–¡Ooh! –dijo alguien entre la multitud–. ¡Muy buena!

–Ssh –replicó otra persona–. Calla, que no los oigo.

Sean respiró hondo para no perder los nervios y miró a la audiencia con rabia, antes de volver la vista hacia Georgia.

–Pues me voy, ya que no tenemos más que hablar.

–Buena idea –dijo ella, cruzándose de brazos.

–Bien –dijo él y se giró, abriéndose hueco entre los espectadores. Cuando Georgia lo llamó, se detuvo y se volvió, esperando que ella hubiera cambiado de idea.

Entonces, Georgia le lanzó el anillo de compromiso y le dio de lleno en la frente.

–¡No quiero compromiso, ni anillo! –gritó ella y cerró la puerta de un portazo.

–Lanza lejos, a pesar de ser poca cosa –comentó alguien entre la multitud.

Maldiciendo para sus adentros, Sean se agachó para recoger el anillo.

–Entonces, ¿se va a retrasar la boda? –le preguntó Tim Casey–. Si puedes hacer que siga enfadada hasta enero, ganaré la apuesta.

Sean miró hacia la puerta cerrada, imaginándose a la furiosa Georgia dentro.

–Creo que eso no será un problema, Tim.

Una hora después, Ailish estaba sentada en el salón de Laura, con cara de disgusto.

–Bueno, ya ha pasado.

–¿Qué? –preguntó Laura, sirviéndole una taza de café antes de sentarse a su lado–. ¿Qué ha pasado?

–Lo que habíamos estado esperando. Katie, el ama de llaves de Sean, me ha contado que Mary Donohue le ha dicho que hace una hora tu hermana le tiró el anillo de compromiso a la cara a Sean. Yo diría que eso da por terminado el trato del que me hablaste.

Laura se llevó las manos a la cara. Desde aquella llamada en que Ailish le había obligado a confesarle el trato secreto entre Georgia y Sean, las dos mujeres se habían hecho cómplices. La madre de Sean estaba decidida a conseguir que su hijo se casara con una buena mujer. Y Laura estaba decidida a ver a su hermana feliz y enamorada. Y, por lo que había podido deducir, Georgia estaba enamorada de Sean. Así, que ella si podía ayudar… lo haría.

Sin embargo, aquel giro en los acontecimientos no pintaba demasiado bien.

Ailish había creído que, si se limitaban a seguir planeando la boda como si fuera algo inevitable, Georgia y Sean acabarían haciendo lo mismo. Laura, conociendo a su hermana, no había sido de la misma opinión. Pero tampoco se le había ocurrido otra cosa. Por eso, Ailish había encargado la tarta y Laura había reservado una carpa para la fiesta y había empezado a hacer llamadas a distintas empresas de catering.

Aunque ya no iban a necesitar nada de eso, según parecía.

—Entonces, se ha terminado todo —observó Laura—. Yo esperaba que los dos se dieran cuenta de que estaban hechos el uno para el otro y que todo saliera bien.

—Están hechos el uno para el otro —aseguró Ailish con firmeza y le dio un trago a su té—. Eso es así.

—No importa lo que nosotras creamos. Sabía que Georgia iba a terminar pasándolo mal.

Ailish dio un respingo.

—Por lo que he oído, creo que Sean es quien ha sufrido daños. Era una esmeralda muy grande y le golpeó en medio de la frente —indicó la mujer mayor—. Quizá, así le haya hecho recuperar la cordura.

—No te lo tomes a mal, pero lo dudo —señaló Laura.

Ailish le dio una palmadita cariñosa en la mano.

—Nunca había visto a mi hijo tan colgado de una mujer como está con Georgia. Pero, si es tan tozudo como para no verlo por sí mismo, vamos a tener que ayudarlo.

141

–¿Qué tienes en mente?

–Unas cuantas ideas, aunque vamos a necesitar ayuda...

En ese momento, Ronan entró en la habitación con su hija en brazos. Al ver el gesto conspirador de ambas mujeres, quiso salir corriendo.

–No te muevas, Ronan Connolly –le llamó Ailish.

Él se detuvo justo cuando iba a volver a salir por la puerta y las miró.

–Estáis planeando algo, ¿verdad?

–Es algo serio, Ronan, así que no te hagas el remolón –le advirtió Ailish.

–No tomaré parte en ninguna conspiración contra Sean.

–Es para ayudarlo –le corrigió Ailish–. No es para hacerle daño. Soy su madre, ¿recuerdas? –añadió con gesto duro–. Vamos a necesitar tu ayuda y no quiero escucharte ni una queja.

–Creo que es mejor que me vaya...

–No lo intentes, Ronan –le advirtió Laura, meneando al cabeza–. Estás perdido y lo sabes –observó y miró a la otra mujer con admiración–. Deberías haber sido general.

–Qué agradable cumplido –dijo Ailish con una sonrisa y le hizo una seña a Ronan para que se acercara–. Ven, no te va a doler, ya lo verás.

A regañadientes, Ronan se acercó.

–Cuando crezcas, no te dejaré jugar con tu tía Ailish –le susurró a su pequeña mientras tanto.

Capítulo Doce

–Maldición, Georgia, ¡sabía que esto iba a pasar! –exclamó Laura, dejándose caer en el sofá.

–Bueno, felicidades por ser adivina –repuso Georgia–. Mejor eso que ser razonable.

–¿Y ahora qué? –preguntó Laura, subiendo el volumen del altavoz que se había llevado al salón para escuchar a su bebé mientras dormía.

Georgia escuchó los sonidos de la pequeña durmiendo y sintió una mezcla de ternura y tristeza. Si ella no se hubiera enamorado de Sean, podía haberse casado con algún otro hombre algún día. Pero ya no iba a poder ser. Si no podía casarse con la persona que amaba, no se casaría con nadie más. Por eso, nunca podría tener hijos propios.

–Ahora, nada. Se ha terminado.

–No tiene sentido –murmuró Laura–. He visto cómo te mira.

–¿Qué puedo hacer para que dejes el temas?

–No sé por qué te enfadas conmigo. Grítale a Sean, si quieres.

–Ya lo he hecho.

–Pues igual deberías hablar con él de nuevo.

–¿Para qué? Ya nos hemos dicho lo que teníamos que decirnos.

–Ya –respondió Laura con tono burlón.

–Lo superaré –dijo Georgia, dejando caer la cabeza en el respaldo del sofá–. Igual es solo como una gripe. Me sentiré como si fuera a morirme durante unos días y, luego, me recuperaré. Es lo más probable.

–Genial.

–Podrías apoyarme un poco más –pidió Georgia.

–Prefiero animarte a que luches por lo que quieres.

–¿Te refieres a que vaya a suplicarle que me ame? No, gracias.

–No he dicho suplicar, he dicho luchar.

–Déjalo ya, por favor.

Georgia prefería olvidar el tema, aunque le resultara imposible. No podía dejar de acordarse de su última conversación. ¿Cómo había podido ser tan tonta como para decirle que lo amaba?

–Es por tu culpa –le reprochó Laura a su marido.

–¿Qué he hecho yo?

–Sean es tu primo. Deberías darle una paliza o algo así.

–Gracias –dijo Georgia, riendo–. Pero no quiero que le rompas ningún hueso.

–¿Y si le deja solo unos moretones? –propuso Laura.

–No –negó Georgia. Ella ya se sentía lo bastante dolorida por los dos. Además, Sean no tenía culpa de que se hubiera enamorado de él. Había sido ella quien había alimentado falsas ilusiones–. Ya ha terminado. Tengo que dejarlo atrás.

–Siempre he pensado que eras una mujer razonable –observó Ronan y se encogió al sentir la dura mirada de Georgia.

–Odio que me llamen eso.

–Tomaré nota –le aseguró Ronan.

–No te preocupes, Ronan, no estoy enfadada contigo, sino conmigo misma.

–¿Por qué? –quiso saber Laura.

–No debí haberle dicho que lo amaba.

–¿Por qué? Está bien que sepa lo que se está perdiendo.

–Sí, ya, como si le importara mucho perderme –dijo Georgia con desesperación.

–¡Pues debería importarle!

Durante tres días, Sean se mantuvo alejado de Dunley. Quería darle tiempo a Georgia para que lo echara de menos. Y esperaba que así fuera, pues él lo estaba pasando fatal sin verla.

En esos tres días, se volcó en el trabajo. Era el único recurso que conocía para relajarse.

Tuvo reuniones con sus ingenieros, con recursos humanos y con publicidad. Trabajó con los pilotos, pidiéndoles su opinión sobre los nuevos aviones, e intentó no pensar en la mujer que iba a rediseñar el interior.

Se pasaba todo el día en la oficina. Cualquier cosa era buena con tal de no verse solo en su casa de Dunley.

Sin embargo, a pesar de todos sus esfuerzos, no

podía dejar de pensar en Georgia. Y no podía dejar de recordar su mirada cuando ella le había dicho que lo amaba.

Sumido en sus pensamientos, se asomó a la ventana de su despacho de Galway. La luz de la luna se dibujaba en el agua, como siempre… Sin embargo, todo parecía distinto sin Georgia.

Sintiendo una punzada en el pecho, frunció el ceño al ver su propio reflejo en la ventana. Sabía reconocer a un idiota cuando lo veía.

Sean Connolly no era la clase de hombre que se rendía. No renunciaba a lo que quería solo porque hubiera algún obstáculo. Si lo hubiera hecho, Irish Air nunca habría salido adelante.

Por eso, no podía dejar que una mujer hermosa y tozuda lo detuviera.

Sin embargo, Georgia no era el problema y él lo sabía. Lo cierto era que le había encantado que le dijera que lo amaba. Le había hecho sentir seguro de sí mismo y en posición privilegiada. Aunque, por otra parte, él sabía muy bien que toda recompensa requería un riesgo.

Pero, cuando se había visto en posición de ofrecerle su corazón a una mujer que había tenido aspecto de estar a punto de patearlo, había reculado. ¿Lo convertía eso en un cobarde?

Sabía muy bien que Ronan pensaría que sí. Y su madre. Sin duda, Georgia también estaría de acuerdo.

Por otra parte, Sean pensaba que no era cuestión de cobardía, sino de tener el control de la situación. Lo único que tenía que hacer era conseguir que ella volviera a confesarle sus sentimientos y, entonces, confesar que, igual, él sentía lo mismo.

–Quizá –repitió en voz alta, burlándose de sí mismo. Claro que la amaba. Aunque eso no había sido parte del plan, no había nada de Georgia Page que no le llegara al alma. Era su mujer ideal. Y tenía que conseguir que ella lo comprendiera.

–¿Y cómo voy a hacerlo, si ella no quiere hablar conmigo?

Tenía que conseguirlo, costara lo que costara, se dijo. Entonces, una idea se forjó en su mente y sonrió. Tomó el teléfono e hizo una llamada.

Georgia llevaba días siendo atosigada.

Mickey Culhane había sido el primero, pero no el último.

Todos los hombres, mujeres y niños de Dunley tenían una opinión sobre su situación con Sean y todos habían querido comunicársela.

Los niños le llevaban flores y le contaban que Sean siempre había tenido tiempo de jugar con ellos. Los hombres le aseguraban que era una buena persona, que nunca dejaba sin pagar una apuesta y que siempre ayudaba a quienes lo necesitaban. Las mujeres mayores le contaban historias de su infancia. Las más jóvenes le referían lo guapo y atractivo que era, como si ella necesitara recordatorio.

Todo Dunley intentaba hacerle cambiar de opinión. Querían que perdonara a Sean.

Pero lo único por lo que tenía que perdonarle era por no amarla.

Por otra parte, llevaba tres días sin verlo. No dejaba de repetirse que no era asunto suyo dónde estaba o con quién. Pero era mentira. Le recomía por dentro pensar que él la hubiera olvidado tan rápido. ¿Y si había decidido ahogar sus penas con alguna guapa pelirroja?

No quería ni pensarlo.

El camión de los muebles acababa de irse cuando la campanilla de su puerta volvió a sonar. Al ver quién era, Georgia se quedó paralizada.

–Ailish.

La madre de Sean tenía buen aspecto. Llevaba pantalones negros y una blusa rosa, con chaqueta a juego.

–Buenos días –saludó Ailish con una sonrisa.

Georgia sintió un nudo en el estómago. Había tenido que escuchar a toda la gente del pueblo defendiendo a Sean, solo le faltaba su madre.

–Ailish, me caes muy bien, pero si has venido a decirme lo maravilloso que es tu hijo, prefiero no escucharlo.

–Bueno, si ya conoces sus cualidades, podemos hablar de sus defectos –propuso Ailish con una sonrisa.

Georgia rio con suavidad.

–¿Cuánto tiempo tienes?

–Oh, tienes buen sentido del humor –repuso Ailish, riendo. Y, después de entrar en el estudio, miró a su alrededor–. Te ha quedado muy bonito.

–Gracias –contestó Georgia. Era lo único que había hecho bien esa semana. Había amueblado el estudio y lo tenía listo para abrir. Solo necesitaba clientes. Bueno, además de Irish Air. Había hablado con la secretaria de Sean el día anterior y había concertado una cita para ir a Galway a hablar con él.

Y ya estaba nerviosa solo de pensarlo.

–Tú lo amas.

–¿Qué? –dijo Georgia, saliendo de sus pensamientos.

–He dicho que amas a mi hijo.

–Bueno, no me lo tengas en cuenta. Seguro que lo superaré.

–¿Por qué ibas a querer superarlo? –preguntó Ailish, sonriendo.

Georgia suspiró. ¿Cómo iba a decirle a la mujer que tenía delante que su propio hijo era incapaz de corresponderla?

–Nuestra relación no tiene futuro. Sean es un buen tipo pero… nosotros… yo… no ha funcionado.

–Todavía –puntualizó Ailish y se cruzó de brazos–. Me gustas mucho, Georgia y estoy segura de que a mi hijo también le gustas.

Cielos. Georgia quiso que la tragara la tierra. No podía imaginar nada más desagradable que tener esa conversación.

–Gracias. Tú también me agradas, de verdad. Pero Sean no me ama. No puede haber final feliz.

–Y, si pudiera haberlo, ¿lo aceptarías?

No era posible que hubiera final feliz, se repitió Georgia con el pecho oprimido. Claro que le gustaría que lo hubiera. Quizá, lo que debía hacer era irse al bosque de las hadas y pedírselo a la luna llena…

–Dime, si mi hijo te amara, ¿te quedarías con él?

Se quedaría con él sin pensárselo, se dijo Georgia. Lo abrazaría y no lo soltaría jamás, sumergiéndose en la felicidad de sentirse amada por el único hombre que ella quería. Pero eso era algo imposible.

–No me ama, así que la pregunta está de más.

–Pero no me has contestado…

–Ailish… –comenzó a decir Georgia. No sabía cómo decirle que lo de su compromiso había sido solo un juego. Una estúpida farsa tramada por un hijo preocupado.

–Tienes buen corazón, Georgia –observó Alish, y le dio un abrazo.

Emocionada, Georgia se dejó abrazar, pues lo necesitaba de veras. Le habría encantado que esa mujer hubiera sido su suegra, pensó.

–Eres buena y fuerte. Creo que puedes hacer entrar en razón a mi hijo.

Georgia iba a hablar, pero la otra mujer la interrumpió.

–No digo nada más. Hay palabras que necesitan tiempo para digerirse –señaló Ailish, tomó su bolso y se dirigió a la puerta–. Me alegro de haber venido a verte.

–Y yo –repuso Georgia, y era cierto. A pesar de

todo, le había calmado un poco estar con la madre de Sean.

—Nos vemos esta noche en la cena –dijo Ailish antes de irse.

Hacía frío y el viento traía la brisa húmeda del mar. Pero la casa de Laura estaba calentita y acogedora, con la chimenea encendida y los dos perros acurrucados delante de ella. Deidre y Bestia eran un buen ejemplo de un romance entre un irlandés y una americana. Les había salido tan bien, que tendrían cachorritos para Navidad.

Acariciando a Bestia detrás de las orejas, Georgia se dijo que adoptaría uno de sus cachorritos. Así, ya no estaría sola. Podría volcar en el animalito todo su amor.

—Georgia –llamó Laura, asomando la cabeza por la puerta–. ¿Puedes ir a la bodega a traerme una botella de vino para la cena, por favor? A Ronan se le ha olvidado abajo.

—Claro. ¿Dónde está?

—Umm… Ronan dice que la dejó sobre la mesa, así que creo que la verás enseguida.

Sonriendo, Georgia se encaminó hacia la bodega. Estaba agradecida porque Laura la hubiera invitado a cenar. La verdad era que necesitaba salir de su casa.

Al abrir la pesada puerta de roble, Georgia creyó escuchar algo detrás de ella. Al girarse, vio aparecer a Ronan.

–¿Ronan?

Él la miró con gesto de disculpa y le cerró la puerta.

–Eh, ¿qué estás haciendo? –gritó Georgia. Al otro lado de la puerta, oyó cómo su cuñado echaba el cerrojo. Si era una broma, no tenía gracia–. Ronan, ¿qué está pasando aquí?

–Es por tu propio bien, Georgia –repuso Ronan, alejándose.

–¿El qué?

–Yo –dijo Sean, saliendo de entre las sombras.

Georgia se asustó y estuvo a punto de perder el equilibrio. Cuando él iba a sujetarla, ella se apartó como si se tratara de un leproso.

–¿Qué estás haciendo aquí?

–Esperándote –contestó él, tenso por sentirse rechazado.

Llevaba más de una hora en la maldita bodega, esperando que ella llegara a la casa. No le había quedado más remedio que arreglarlo todo para que Ronan la encerrara allí. Si no, aquella mujer tan tozuda se habría negado a escucharlo.

–Llevo un rato esperándote. He abierto una botella de vino. ¿Quieres?

Ella se cruzó de brazos, sin responder.

–¿Qué quieres de mí, Sean?

–Solo cinco minutos de tiempo, si puede ser –contestó él y le tendió una copa.

Aunque estaba furioso por la forma en que ella

lo trataba, al tenerla delante apenas podía contener sus ganas de abrazarla y besarla.

–Bien. Cinco minutos –accedió ella, mirándose el reloj.

–Cielos, ¿es que vas a cronometrarme? –preguntó él, sin poder evitar reírse.

–Sí. Te quedan cuatro minutos y medio.

–Está bien –dijo él y le dio un trago a su vino antes de continuar–. Cuando un hombre le pide a una mujer que sea su esposa, espera que ella no lo trate como si fuera una serpiente venenosa.

–Y cuando una mujer escucha una proposición de matrimonio, espera oír la palabra amor en algún momento.

–¿Como tu exmarido? ¿Acaso él no te prometió amarte y serte fiel?

–Eso ha sido un golpe bajo –repuso ella con lágrimas en los ojos.

–Sí –admitió él–. Yo no pronuncié las palabras. Pero, si no fueras tan tozuda, te habrías dado cuenta de que no te habría pedido que te casaras conmigo si no sintiera algo por ti.

–Tres minutos y medio –anunció ella–. Por muy tozuda que sea, quiero algo más que saber que sientes afecto por mí.

–Deja que te recuerde otra vez que las palabras no tienen ningún valor. Cuando el mentiroso de tu exmarido usó la palabra amor, no tenía ningún valor.

–¡Al menos, él tuvo la valentía de usarla! –le espetó ella, furiosa.

–No quiero que me compares con un hombre que no ha sabido apreciar lo que vales, Georgia Page. A pesar de que eres cabezota como tú sola.

–Para que lo sepas, no pienso dejar que nadie me diga lo que tengo que hacer. Igual que no pienso hacer caso a todas las personas a las que has pagado para que vinieran a cantarme tus virtudes.

–¡Yo no les he pagado! –se defendió él, bebiendo otro trago–. Ha sido cosa de mi madre, Laura y Ronan, según he descubierto esta noche. Utilizaron a Maeve para que lo preparara todo –añadió–. Aunque parece que no ha servido de mucho. Además, no necesito sobornar a nadie, porque todos se dan cuenta de lo que siento en mi corazón.

–¿Ah, sí? –repuso ella con tono burlón y se miró el reloj de nuevo–. Dos minutos. Pues yo no me doy cuenta, así que explícamelo. ¿Qué sientes en tu corazón?

–¡Amor! –exclamó él, irritado y frustrado–. ¡Amor! Te amo. Desde hace semanas o, tal vez, más. Pero me bloqueo al verte ahí parada, mirándome así, fríamente.

Georgia sonrió, llenándolo de esperanza.

–Sí. Ahora sonríes, cuando me tienes donde querías, loco de amor y de deseo y muerto de miedo de que me dejes…

–Sean…

–Lo que siento por ti es tan grande, Georgia, que no puedo pensar con claridad. Eres todo lo que he soñado siempre. Quiero casarme contigo. Tener una familia contigo. Ser tu amante, tu amigo, el padre de nuestros hijos. Porque te amo y, si no lo ves, peor para ti, pero no pienso dejarte nunca.

–Sean…

–No soy como el payaso con el que te casaste en el pasado –continuó él, incapaz de parar–. No vuelvas a compararme nunca con él.

–No.

–¿Cuánto tiempo me queda?

–Un minuto.

–Bien –dijo él y, al ver la sonrisa de ella, su corazón se llenó de alegría–. Ahí lo tienes. Te quiero. Y tú me quieres. Y vas a casarte conmigo. Y, si no te gusta el plan, puedes pasarte los próximos cincuenta años quejándote. Pero serás mía, que no te quepa ninguna duda.

–Estás loco –dijo ella al fin, cuando Sean cerró la boca.

–Me he pasado hablando, ¿no?

–Sí y me ha encantado.

–¿Sí?

–Sí. Me encanta todo de ti, loco mío. Me encanta cómo me miras. Me encanta que creas que puedes mandar sobre mí. Y me casaré contigo –afirmó ella, echándose a sus brazos–. El veintidós de diciembre.

–¿Por qué tan tarde? –quiso saber él, abrazándola.

–Porque, así, Maeve ganará la apuesta del pub.

–Eres una chica perversa. Y perfecta para mí.

–Y no lo olvides –señaló ella, sonriente.

–¿Cuánto tiempo me queda?

Sin dejar de mirarlo a los ojos, Georgia se quitó el reloj y lo dejó caer.

—Tienes todo el tiempo del mundo.

—No será suficiente —susurró él y la besó con pasión—. *Ta tú an-an croí orm.*

—¿Qué quiere decir eso? —preguntó ella, sonriendo con ternura.

—Eres el centro de mi corazón.

—Lo mismo digo —musitó ella con un suspiro.

El mandato del jeque

OLIVIA GATES

Lujayn Morgan había dejado al príncipe Jalal Aal Shalaan para casarse con otro hombre… que había muerto poco después.

Antes de su matrimonio, Jalal y Lujayn habían compartido una noche inolvidable, de modo que no había manera de negar que el hijo de Lujayn también lo era de Jalal.

El matrimonio era la única respuesta, pero Jalal era uno de los candidatos al trono de Azmahar. Aquel inesperado heredero podría destruir sus posibilidades o ser la clave para conseguirlo. Si pudiese demostrarle a Lujayn que la quería a su lado no por su hijo o por el trono sino por ella misma…

El hijo del jeque

¡YA EN TU PUNTO DE VENTA!

Acepte 2 de nuestras mejores novelas de amor GRATIS

¡Y reciba un regalo sorpresa!